鳥かごの大神官さまと侯爵令嬢

佐槻奏多
KANATA SATSUKI

一迅社文庫アイリス

CONTENTS

序章　とある青年の悩みごと　8
一章　婚約『内定』取り消しとか笑えない　12
二章　秘匿すべき事態です　45
三章　鳥かごの中の大神官様　72
四章　接近のきっかけは不穏な空気　116
五章　告白は暗闇の中で　181
終章　そして目的は完遂される　253
番外編　二人だけのお祝い　277
あとがき　286

Priest of the Birdcage & Miss marquis.

鳥かごの大神官さまと侯爵令嬢

Character

シンシア

オルブライト伯爵家の令嬢。ルウェイン王子と正式に婚約した人。聖霊術で災害から領地を救った美少女。

ルウェイン

エイリス王国の第一王子。レイラディーナとの婚約が内定していたのに、婚約式直前で破棄した人。

黒髪赤眼の見目麗しい青年。

用語説明

・聖　霊　神力を振るえる存在。普通の人間には姿が見えない。

・聖霊術　聖霊を見て話せる人が聖霊に力を振るわせて起こす術。花を咲かせたり、風を起こしたりと、さまざまなことができる。

・聖　女　神殿内の特殊な地位。任期は三年間で、立候補した女性達の中から選ばれるお飾りの役職。聖霊術が使えなくてもなれるため、貴族令嬢の箔付けに利用されることがしばしばある。

アージェス
エイリス王国大神殿の大神官。
瞬間移動などの強い聖霊術が
使えることから、大神官に就任
した青年。普段は若さと美貌を
隠すため、白い紗を被っている。
レイラディーナ
カルヴァート侯爵家の令嬢。
つい最近、ルウェイン王子との婚約内定を
取り消されたせいで、結婚が遠くなってし
まった。面食いで食いしん坊。

イラストレーション◆増田メグミ

鳥かごの大神官さまと侯爵令嬢

Priest of the Bird cage & Miss marquis

序章　とある青年の悩みごと

建物の外の声が、薄く開けた窓の隙間《すきま》から聞こえて来る。声の主は若い女性と老齢の男性だ。

「アージェス様は、こちらにいらっしゃると伺いましたわ、私、お話があって……」

「今は大事な祈りの時間です。誰も近寄らせないようにと言われておりますので、お通しできません」

窓が高い位置にあるため、覗《のぞ》かれる心配はない。なので『彼』は落ち着いて会話に耳を傾けていた。

「大事な祈りなら、聖女の私が参加した方が宜《よろ》しいのでは？」

「これは大神官様だけのお勤めです。今までの聖女様にも参加いただいたことはありませんので、お引き取り下さい。そもそもこちらは、私的なお部屋になります。ご令嬢に立ち入らせるわけにはまいりません」

建物の中にいた『彼』はため息をついた。相手に釈明をしたくても、今『彼』が外に出て行くことはできないのだ。

「自由に出られたら……」

自分に代わって応対してくれている者に、苦労をさせる必要もなかっただろう。

やがて白と紺の裾の長い神官服を着た老人が、建物の中に入って来た。相手の女性が諦《あきら》めてくれたのだろう。

「いつも苦労をかけます、神官長殿」

「いやはや。こんなにしつこくされるとは思いませなんだ」

神官長と呼ばれた老齢の男性は、追い返してもまだ不安なのだろう。開いていた窓に気づいてそちらも閉じる。彼女がこっそりと戻ってきて、聞き耳を立てることを警戒したのだろう。

「まさか、こんなことになるとは」

白い紗《しゃ》を被《かぶ》っている彼が言えば、目の前の老人が深いため息をついた。

「予想外でしたな。大神官様のご容貌がここまで女性に効果のあるものだとは……」

「今までこんなことはありませんでしたからね」

うなずいた『彼』に、神官長が困り切った様子でこれまでを思い返す。

「先代は、年上が専門とおっしゃる方で、神官長補佐の一人にべったりでしたからな。大神官様を視野に入れていらっしゃらなかった」

「ありがたいことです。けれど不倫は教義としても認められませんでしたからね……」

「泣く泣く任を離れた後、お目当ての方の後妻に収まったそうなので、まぁ良かったでしょう。

その前の聖女様は、引っ込み思案で、女性神官とばかり話をする方でしたが……」

「けれどあの方は極端なご趣味が……。そのせいで神官長殿達は、今もたいへん苦労なさっておられるはず」

つい『彼』が指摘すると、神官長が「うっ」と一瞬言葉に詰まった。

「ある意味『あれ』も、こういった迷惑ごとの一つだったかもしれませんが」

「女性神官の間で流行したのも、先々代聖女の影響でしたね」

「今でも本流は、大神官様に私どもが花を捧《ささ》げるお話だそうですよ……」

「くっ……」

今度は『彼』の方が呻《うめ》いた。

「しかし今の聖女様よりは楽でした。そういう意味では、戻って来ていただきたいくらいです」

確かに、と同意する神官長に『彼』は少しでも明るい話を見つけようとした。

「でも、今の聖女様はまもなくご実家にお帰りになります。その後すぐご結婚されるので、落ち着くでしょう。ご実家に注意を促《うなが》せば、神殿を出るまでの間も、結婚に支障がないように人を派遣してくるはずです。問題は次の聖女ですね」

「そうですな。新しい聖女様はこれから三年もの間側《そば》にいるのですから……。大神官にご就任された以上は、関わらないわけにもまいりませんし。いっそ、大神官様がご結婚でもなさっていれば、言い寄られることもないのでしょうが」

神官長の言葉に『彼』は「そうできたら良かったんですが」とつぶやく。

「けれど、私達は隠し通すしかありません。そうでしょう？」

神官長は深くうなずいた。

「これぱかりは仕方のないことですね」と。

一章　婚約『内定』取り消しとか笑えない

春も深まり始めたうららかな日。

カルヴァート侯爵家に、銀糸の刺繡《ししゅう》が美しい黒のお仕着せを着た、王宮の侍従が訪れた。

侯爵と娘のレイラディーナ――レイラは、侍従を館で一番景色が綺麗《きれい》に見える部屋へと案内させた。

その部屋に向かいながら、レイラはほっとしていた。

なにせ婚約披露会の日取りは決まったというのに、第一王子との婚約は『内定』のままになっていた。ようやく正式な婚約にするという書状が来たと思ったのだ。

家令に案内させていた部屋に入ると、王宮の侍従が立ち上がる。

侍従は巻いていた厚手の紙の書状を広げ、挨拶《あいさつ》もそこそこに読み上げた。

「カルヴァート侯爵殿。ご息女レイラディーナ嬢と第一王子ルウェイン殿下との婚約について、内定を取り消すという国王陛下の決定を、ここに通知いたします」

「…………」

その言葉を聞いた後、レイラは衝撃のあまり頭の中が真っ白になった。

呆然《ぼうぜん》とし過ぎて、侍従がいつ帰ったのかもわからない。

父侯爵が「可哀想にレイラ。可哀想に」と同情して泣き、「レイラディーナお嬢様、お気を確かに！」と召使いが呼びかけていたのは覚えている。

翌日になって召使い達から聞いたところ、それでも夕食の平目のソテーはしっかり完食したらしい。なのに味を思い出せないことが、さらにレイラの心に悲しみをもたらした。

それでも周囲の人々に励まされ、大好きなものばかり食べて、なんとかまともな思考ができる程度に心を癒した後でレイラは気づいた。

二週間後に行われる婚約披露会に『招待客』として出席しなければならないことを。


「むかつきますわっ！」

婚約披露会の当日、レイラは悔しさのあまりに馬車の中で吠《ほ》えていた。

「せっかく作ったドレスが使えないのも、婚約内定取り消しのせいですもの！」

主役として出席するつもりで用意したドレスは使えず、今着ている渋い赤茶のドレスを新調しなければならなかったのだ。出席するのも腹立たしい披露会だというのに、二重にレイラは嫌な気分になったのだ。

「落ち着いておくれ、レイラ。あまり叫び過ぎると外に聞こえるよ？」

同乗していた、ふくよかな体を縮こまらせている父侯爵に言われ、レイラは我に返った。そうだ、馬車の扉の向こうを誰が歩いているかわからない。

レイラは声をひそめて疑問を父親にぶつけた。

「でもお父様、婚約内定を取り消す通知が書状だったのはわかりますし、きちんと王宮の使者が来ましたけれど、殿下からは一度も何もなくて……少しは怒ってもいいでしょう?」

王家側の事情で婚約の話をなかったことにしたのに、王子は短い詫《わ》びの手紙すらもくれなかったのだ。

しかもレイラとの婚約内定を取り消した直後に、ルウェイン王子は他の女性との婚約を決めたという。

……レイラとしても、自分がルウェインに見初《みそ》められたから、婚約を打診されたのではない、とわかっている。

そもそもレイラの顔立ちは美人だと褒められるほどではない。淡い煉瓦《れんが》色の髪も美しいと言われるのはお世辞の時ばかりで、青い瞳もよくある色だ。

ただレイラの家は、国内貴族の中でも裕福な方だ。異母弟の第二王子と比べられがちなルウェイン王子は、生母を失い、その家も没落しかけているので、後ろ盾が欲しくて裕福な領地の貴族令嬢であることを妃《きさき》の条件にしたのだろう。そして父侯爵はどこかの派閥に入っているわけではないし、普段は押しの強い人ではない。おそらく口煩《くちうるさ》い舅《しゅうと》が欲しくなかったルウェイン王子にとって、それも好条件に見えたから婚約の打診をして来たのだと思う。

「王家は打算で動いていると感じたから、不安には思っていたのだがね。お前がそれでも良いと言った時に、なんとしてもお父様が止めるべきだったよ……」

父侯爵はため息まじりにつぶやく。

レイラとしても、それを言われるとうつむくしかない。レイラは黒髪赤眼の見目麗しいルウェイン王子と結婚できることに、目がくらんだのだ。

なぜならレイラは、父侯爵も太鼓判を押すほどの面食いだった。

だから理想の王子様みたいなルウェイン王子と結婚できるなら、相手に恋されていなくてもいいと思ってしまったのだ。

父侯爵は「お前はまだ、絵本の王子様を卒業できないんだな」と言って、もう少しよく考えるように諭《さと》してきた。

昔からレイラが気に入っていた絵本というのが、可愛らしいお姫様と王子様が結婚する話ばかりだった。中でも黒髪に赤い瞳の王子様の話がレイラは大好きで、そのことを父侯爵も覚えていたのだろう。

そして父が危惧《きぐ》する通り、婚約を受けると伝えても、ルウェイン王子が喜んでレイラに会いに来ることはなかった。

ルウェインの対応が素っ気なくても、政略で決めた婚約だとわかっていたレイラは仕方ないと諦めていた。

でも結婚を取りやめにされるなんて、惨《みじ》めな状況に追い込まれるとは思いもしなかったのだ。

「幸い、正式に婚約していたわけではないからね。婚約を解消されてもこちらに傷はつかないんだ。だからレイラは会場で、この人こそはと思う男性を見つけておいで」

「お父様……ありがとうございます」

レイラは優しい父に感謝する。期待に応えるためにも、もっと良い結婚相手を探そうと決意した。……でも、なるべく顔が良い人を。

本当は、王子を驚愕《きょうがく》させるような結婚相手を見つけたい。けれどこのエイリス王国内では難しいだろう。

第一王子に並ぶほど身分の高い男性といえば、第二王子だ。けれど、あちらも婚約が駄目になったことは知っているはず。そんなレイラを、妃として迎えるのは嫌だろう。

ただでさえ、前王妃の子ルウェイン王子と、現王妃の子の第二王子は、王位を争っているらしいのだ。兄と婚約していた娘を選ぶなど、お下がりをもらうような真似は、醜聞《しゅうぶん》がなくても嫌がるだろう。

もうルウェイン王子をやり込めることは考えないようにして、領地のためになる人を選ぶべきかもしれない。

色々と考えているうちに、馬車は王宮に到着した。

王宮のエントランスへ続く白い石段の前に止まった馬車から、レイラとその父は降りて歩く。第一王子ルウェインの婚約披露会場は、王宮の庭園だ。

庭園へは王宮の中を通って行くのだが、回廊を歩いていると、行き合った貴族がちらちらと自分達に視線を向けて来る。目立つようなことをした覚えはないというのに。

首をかしげながら庭園へ一歩足を踏み入れると、視線はもっとあからさまなものになった。あげくひそひそ話まで始まる。

耳を澄ませたレイラは、その内容に衝撃を受けた。

「……内定していらっしゃった婚約が、取り消されたんでしょう？」

「よくお顔を出せましたわね……勇気があるというか図太いというか」

レイラは叫び出しそうになった。なんで知っているの!?　と。

一緒にいた父侯爵も、真っ青になっていた。

「レイラ、お父様は状況を確かめて来るから。ここにいなさい」

父侯爵は、レイラを置いて会場を進んで行く。父を送り出したレイラは、壁際でひっそりと待つつもりだった。なのにわざわざ近くに来てまで噂話《うわさ》をしていく貴婦人達が現れた。

「急に取り消されるなんて、何か不敬な振る舞いでもなさったのではないの？」

聞こえるように言われて、レイラは奥歯をぎりぎりと噛《か》みしめた。

自分に、どうやって不敬を働けと言うのか。ルウェインとは内定の返事をするため王宮へ伺《し》候《こう》した時以来、全く会っていない。内定決定の書状と一緒に、義務のように一度だけ花束を贈ってきたけれど、本人はレイラを王宮に招くことすらしなかったのに。

うつむいて唇を噛んでいると、父侯爵が戻ってきた。顔色がさらに悪くなっていたので、かなり悪い話を聞かされるのだと、レイラは覚悟していたのだけれど。

「レイラ、落ち着いて聞いておくれ。どうも王家は、他の貴族家からの婚約の打診を断るために、あちこちの家にお前との婚約内定の話をしていたらしいんだ」

「え……!?」

内定そのものは変なことではない。円滑にことを進めるために、先に了解をとっておいてから検討をするのは基本だ。でもレイラの名前は内密にするべきだ。懇意《こんい》にしている数か所だけならまだ理解できるが、あちこちに話していたら、公然の秘密として扱われてしまうのは当然だ。

これで噂の的になっていた理由がわかった。婚約内定の話が広まっているせいで、レイラは捨てられた女として扱われているのだ。

「王家は、我が家に……恨みでもあるのですか？」

「というよりは、新しく婚約者に決定した令嬢が、特別な能力を持っていて……。お前から、急きょ変更したようだ、と第二王子派閥の方が教えてくれてな」

「特別な能力？」

「かなり強い聖霊術を使えるそうだ。それで領地の災害を事前に防いだとかで……たぶん、王家はその能力を欲しがったのだろう。王族に能力者がいれば、急な土地枯れや気候の変動があっても、神殿に頼らずに解決できるからな……」

「せい……れい、じゅつ」

レイラは呆然としながらつぶやいた。

世界には、神の力が満ちている。

その神力を振るえる存在を聖霊と言うのだが、才能がある人物は聖霊を見て会話し、彼らに力を振るわせて風や火を起こす術を使うことができる。けれど普通の人間には姿が見えないのだ。

レイラも目を凝《こ》らせばうっすらとだが、白い影を見ることはできる。父侯爵は褒めてくれたけれど、それだけならできる人は多く、聖霊術もほとんど使えない。

はっきりと識別できる人は希少だ。家の跡継ぎでもなければ神官になり、神殿により各地へ派遣されて災害などの対応を行うのが普通だ。そうすることで、貴族は自分の領地で災害が起こった時、いち早く神殿に駆け付けてもらえるようにしているのだ。

神殿の協力は領地の利益に直結するため、貴族の中には、王家よりも神殿への忠誠心の方が強い家が多い。ここエイリス王国の大神殿などは、悪魔が起こす災害と呼ばれている『奈落』を消し去ることにも成功したため、ますます信仰を集めていた。

だから王家は、聖霊術が使える女性を王族に迎えたかったのだろう、とレイラの父は推測したようだ。王の権威を補強し、将来的に王族に強い聖霊術が使える人物が多く生まれたら、神殿に頼る必要もなくなる。

それは、レイラにも理解できたけれど。

「私、このままじゃもう結婚できない……」

婚約を解消されるのは、よほどの理由がある場合が多い。だからこそ婚約解消をされると、求婚者がいなくなってしまうのだ。

もちろん、噂が静まるのを待つこともできた。けれど何年も先のことになるだろう。ルウェイン王子の結婚式の日取りが決まったら『そういえばレイラディーナ様が』とささやかれてしまう。もちろん結婚式に出席しないわけにはいかない。そして会場で『そういえばレイラディーナ様って……』と言われるのだ。下手をすると王子妃が出産しても『そういえば(以下略)』と噂が再発する可能性もある。

向こう十年くらいは風化しないだろう。そんな女のところに縁談が来るわけがない。レイラは立派な行き遅れになることが決定したのだ。

絶望したレイラは、小さく「もう帰りたい」とこぼしてしまった。

「大丈夫。お父様がいるからね」

父侯爵が必死に慰めてくれたけれど、こういう事態だからこそ父も交流すべき相手がいる。

特に今回のことで、父を味方に付けやすいと思った第二王子派の貴族が接触してきた。

父侯爵もレイラが結婚できる可能性があるとしたら、第二王子派の男性か外国の貴族しかないと思ったのだろう。誘われるまま話し込み始めた。

（でも第二王子派の人も、婚約を取り消された女とは結婚したくないでしょうね……）

そんなことを考えてレイラが鬱々《うつうつ》としていると、会場に国王と第一王子達が姿を現した。

第一王子ルウェインは、剣を持つのが良く似合う凛々《りり》しい青年だ。見とれそうになったレイラは、自分の面食いっぷりに絶望しそうになった。

ルウェイン王子は、庭園に下りる階段の上で婚約者と寄り添う。

すぐに婚約の儀式が始まり、白い紗《しゃ》を被《かぶ》って顔を隠した大神官の前で、正式な婚約者と仲良さそうにひざまずいた。聖句を受けた後、大神官が差し出した白い大輪の花を受け取ったルウェイン王子は、はにかむような表情で婚約者の髪に花を飾る。

婚約者になった令嬢は、とても可愛らしい人だった。柔らかそうな、光に透かすと金に見える亜麻色《あまいろ》の髪に、澄んだ緑の瞳の美少女だ。

名前までシンシアという可憐《かれん》な彼女は、オルブライト伯爵家の令嬢らしい。

自分の赤っぽい色の髪を見て、レイラはため息をつく。

シンシアみたいに可愛らしくもないレイラには、花束一つ贈るのも面倒だったのかもしれない。そもそもレイラが婚約の打診に返事をしに行った時は、ずっと無表情なままだった……と思い返したレイラはふと気づいた。もしかして……私嫌われてたの？　と。

レイラはますます惨めな気持ちになった。嫌われてる相手に見とれてしまう、自分の面食いっぷりが厭《いと》わしくて悔しい。

やがて国王は、シンシアについて紹介を始めた。

唇を噛みしめたレイラは、シンシアの能力を賛美する話が終わるのを待ってから、近くにいた召使いに、父への伝言と馬車を呼んでくれるように頼んだ。

そうして、会場から逃げだした。

早く家に帰りたかった。レイラは回廊を早歩きで進むものの、なかなかエントランスにたどり着かない。婚約発表を行っている庭園の位置が悪いせいか、ぐるりと王宮の中を巡っていかなければならないからだ。

歩いていても、レイラの頭の中は幸せそうなルウェイン王子とシンシアの姿でいっぱいで、足下がおろそかになっていたのだろう。ふとした瞬間につま先が突っかかり、転んでしまった。

「痛……」

レイラは座り込んで、打ち付けた膝《ひざ》を押さえる。

それから慌《あわ》てて周囲を見回した。幸い、エントランスに近いその回廊には誰もいない。

誰にも無様な姿は見られなかった安堵《あんど》と、膝の痛みと、靴が脱げてしまった恥ずかしさが一気に心の中を埋め尽くして、レイラは抑えていた気持ちが決壊した。

「う……」

口を引き結んでも、ぼろぼろと涙が溢《あふ》れてきてしまう。

悔しい、と呻きそうになって、それだけは必死に押し殺した。急いで涙を止めなくちゃいけない。誰にも見られずに済んでいるうちに、立って家に帰らなくては。

そう思ったのに。

「気分が悪いのですか？」

尋ねる声に、レイラは顔から血の気が引いた。

変なところを見られてしまった。一体誰だろう？　貴族の誰かだったら、顔を合わせたらレイラだとわかってしまう。捨てられた女が泣いていたと、いい噂の種にされてしまいかねない。

レイラはうつむいたままこの場を誤魔化《ごまか》せないかと考えたが、視界に入った靴先の白い布地と、足まで隠すような白い裾に、目を留めた。

先ほどの声は男性のものだった。男の人が長い裾の服を着ているとしたら、神官ではないだろうか。おそらく婚約式のために来ていた、大神官の一行の誰かだろう。

（それなら、言いふらされたりしない？）

考えている間に相手が側《そば》に膝をついた。床に、神官服の金糸で飾られた上着の裾が広がった。

間違いない、相手は神官だ。

ほっとして顔を上げたレイラは……そのまま目を見開いてしまった。

ゆるく結んで肩にかけている淡い金の髪は、回廊に差し込む光に当たって、金剛石の欠片《かけら》が降り注いでいるかのように輝いている。

顔は白い紗を被って隠していたけれど、うつむいているせいで、秀麗な顔立ちが垣間見《かいまみ》えた。白に金糸で彩られた神官服は、彼のために作られたのではないかと思うほどに合っていた。それくらい神々《こうごう》しい青年だったのだ。

年はルウェイン王子とそう変わらないように見える。青年の紫水晶みたいな瞳が自分に向けられていると思うと、胸が苦しくなった。

「体調が悪いのでしたら、休めるよう王宮の召使いを呼んで……」

青年の言葉に、レイラはとっさに声を上げた。

「それはだめです！　……あの、申し訳ございません、その、転んだだけなんです。もうエントランスに、我が家の馬車を回してくれるよう頼んでおりますから。だからお願いします。どうかご内密に……」

王宮の召使いに泣いていたことを知られたら、王族にも話が伝わってしまう。これ以上笑い者にされるのだけは嫌だった。

彼に内緒にしてくれるように頼み、レイラは立ち上がった。

まだ膝が痛い。足首もひねっているようだが歩けないわけではない。青年と一緒にいた高齢の神官二人に頭を下げると、レイラは急いで立ち去ろうとした。

なのに、肩に手を置かれて引き止められてしまう。

「足を痛めていらっしゃるのでは？」

「あ……」

足首をひねった右足は、どうしても引きずってしまう。言い訳を考えたレイラだったけれど、その間に青年神官はレイラの肩から手を離して、他の神官に何かを言う。

そこでようやくレイラは「あれっ？」と思ったのだ。この若い神官様が一番偉い人？　と。

涙を拭《ぬぐ》ってもう一度見直せば、青年の豪華そうな神官服も、頭に被った紗の布を垂らした帽子も、つい先ほど見たばかりのものだ。

「あの……もしや貴方《あなた》様は」

確かめようと声をかけたら、振り返った青年神官がずいっとレイラに近づく。

「失礼いたします」

答えを返す前に、彼はその場でかがんだ。

一体何をと思った瞬間に横抱きに抱えられる。不安定な状態に驚いたレイラは、思わず彼の肩に掴《つか》まる。

「あのっ、えっと、これは……っ!?」

「すぐそこまでですから、お運びいたしましょう。申し訳ないが他の者では腰を痛めてしまうので、私で我慢して下さい」

「そんな、本当に光栄で……その、大神官様でいらっしゃいますよね？」

尋ねられた彼がどんな顔をしているのか、今度は紗に遮られてわからなかったけれど。

「ええ、そうですよ。私が大神官のアージェス・クラインです」

答えた声はとても優しかった。


家に帰ったレイラは、一日経っても、アージェスのことばかり考えていた。

「大神官様……」

思い出してつぶやくと、レイラとお茶を共にしていた侍女が指摘した。

「レイラディーナ様、よだれ」

「はっ!?」

慌てて拭ったレイラだったが、よだれの跡すらなかった。

「ちょっ、嘘をついたわねマイア？」

「よだれが出ていてもおかしくないような、緩みきったお顔をされていたのですよ。淑女がそれではいけませんわ」

侍女マイアに指摘され、レイラは咳払《せきばら》いをして表情を引き締める。

それで、と灰色のドレスを着た侍女のマイアは、お茶のカップを持ち上げて切り出した。

「よほどお綺麗な方だったんですね、大神官様は」

「そうなの！　垣間見えたお顔が、女神もかくやという麗しさで……。他の方のぎっくり腰を気遣って、私を自ら運んで下さったところも優しくて。王宮の召使いを呼びたくないと言ったことにも、人に見られたくない事情がおありなのですね。大丈夫、他言しませんから、治療に専念なさるといいですよ、って言って下さったの。素敵……」

そんなアージェスの去り際も、衝撃的なものだった。

エントランスに到着してみると、呼んでいた馬車が着いていなかった。なので、レイラはそこで先に出発するアージェスを見送ろうとした。

ただ、アージェスは予定がとても詰まっていたのか、レイラに「それでは失礼しま――」と挨拶もそこそこに、その姿を幻のように消してしまったのだ。

他の神官の話によると、彼は聖霊術で瞬間移動ができるらしい。

目の前に鳥かごのような形をした神殿の馬車があったけれど、それで移動する暇すら惜しむほど忙しかったのだろう。

と、そこでレイラは気づく。

「私、大神官様がお綺麗な方だなんて話したかしら？」

「すぐに想像がつきましたよ。レイラディーナ様は面食いですもの」

さらっと言われて恥ずかしくなる。

「え、私そんなに面食いだってまるわかり？」

「あの殿下についても、ご容姿のことしか話さなかったではありませんか」

確かにそうだったかもしれない。レイラは反論できなかった。

「それより大神官様のお話でしたね」

優しいマイアは話を変えてくれた。さすがレイラと長く付き合ってきただけある。

そもそもマイアは分家筋の親戚だ。話し相手としての『侍女』を務めることで、行儀見習いのついでに結婚相手を探しているのだ。

「そう、そうなの。私、大神官様ってとてもご高齢の方だと思っていたのだけど。まさかあんなお若い方だったなんて。殿下とそう年齢も変わらないと思うわ」

「今の大神官様は、昨年ご就任されたばかりですよ。とても強い聖霊術の使い手だと聞いております。まだ、ご結婚はされていないみたいですね」

マイアは最後に「レイラディーナ様も一度は聞いたはずですけれど、すっかり忘れておられたみたいですね」と付け加えたが、レイラの耳には入っていなかった。

強い聖霊術の使い手……だからあの若さで、大神官に抜擢《ばってき》された優秀な人なのだ。

しかも、まだ結婚していない。優秀な神官なら、同じ神官だけではなく貴族からも降るように申し出があるはずなのに。

とすると、アージェスは一生を神殿に捧《ささ》げるつもりなのか。もしくは、まだ誰とも結婚する気はないのかもしれない。

……そこでレイラは、ついアージェスの隣にいる自分を想像してしまった。

初めて恋したのが、貴方だったのです、と言われて求婚されたりしたら……と。

恥ずかしくて、テーブルクロスに覆《おお》われて見えないのをいいことに、足をばたばたさせてしまった。心が高揚し過ぎて、自分でもおかしいのではないかと思う。

もしかして……これが恋なんじゃないだろうか。

ルウェイン王子に憧れていた時もドキドキしたものだが、今はどうしようもないくらいに転がりまわりたい感じがする。

でも優しくしてくれたからといって、アージェスがレイラを好きになってくれたわけではない。昨日の出来事は、アージェスにとっては怪我人《けがにん》を介抱しただけ、という認識だろう。

下手をすると、もうレイラのことなど忘れてしまっているのではないだろうか。想像したレイラは落ち込んで、うつむいてしまう。

「どうなさったんですかレイラディーナ様。何か妄想されていらっしゃったようですけれど、何か問題が？」

「大神官様に告白したって、フラれる可能性も……でも、もうフラれるのは嫌……」

「ああ、そこまで想像が飛躍していらっしゃったんですか。でも神官様方のご結婚は、お互いに恋愛感情がなければいけないと決められているとか。よほどお気に召した方でなければ……というか、恋愛に発展するほど会う機会がないのではありませんか？」

「そうなのよね」

たとえ会う機会を作ることができても、レイラが王子に婚約直前に『あれなしで』をされた傷物だと、アージェスにも知られるはずだ。そんな女は彼も嫌だろう。

「断られるぐらいなら……好きだなんて言わなければいいのよ。うん」

口に出して、諦めようとしたレイラだったが、せめて側《そば》にいたいという気持ちがどうしても消せない。

その願いを叶《かな》えるためには、神官になるしかない。ただレイラの能力は弱過ぎる。神殿で訓練してもらっても、弱い聖霊術が使えるかどうかも怪しい。アージェスに近い立場に配置してもらうのは夢のまた夢だ。

と、そこでレイラは思い出した。

「そうだ、聖女……」

神殿には、聖女という地位がある。

三年の任期で立候補した女性達の中から選ばれる、お飾りの役職だ。必ずしも聖霊術を使える女性だけが選ばれるわけでもないと聞いた。

最近は家格がやや低い貴族令嬢ばかりが立候補し、その中から選ばれているという。結婚の箔《はく》付けになるからだ。しかも聖女になれば、三年後にはそのまま神官として神殿に残ることもできるらしい。

「それなら一生、大神官様のお側で片想いできる……」

聖女として勤める間にアージェスと仲良くなっておけば、配置された場所が遠くても、顔を合わせれば会話ができる関係になれるのではないだろうか。

しかも聖女は、王妃や王子よりも神殿内では立場が上。ルウェイン王子が結婚するにしても、儀式の度に聖女に頭を下げなければならないのだ。

なんて素敵な職業、聖女！

レイラは、また何か変なことを思いついたと言わんばかりの表情をするマイアに言った。

「私、聖女になるわ！　神殿に手続きをしたいので、お父様がご帰宅されたら教えてちょうだい！」

その晩。

レイラは父侯爵から「考え直そうレイラちゃん！　お婿《むこ》さんなら外国から探してきたっていいんだから！」という説得の言葉に、首を横に振り続けた。

カルヴァート侯爵家の跡継ぎなら兄がいるのだし、レイラが結婚しなくても問題ないだろう。

うまく聖女になれば、侯爵領で何かあった時にも神殿に頼りやすくもなる。

頑として聞き入れないレイラに、父侯爵もやがて折れた。

そして一か月後。

聖女に立候補する期限に間に合ったレイラは、選定のため神殿に移り住んだ。召使いも連れて来るわけにはいかなかったが、問題ない。

自分でやらなければならないことが増えるとはいえ、神殿で着る服は複雑なものではないし、朝と晩には髪結いや衣装を整える世話のため、助神官も付けてくれるのだから。

意気揚々と聖女候補達の顔合わせに臨んだレイラだったが。

「皆様初めまして。シンシア・オルブライトです」

聖女候補の中に、なぜか王子の婚約者シンシアがいたのだった。

◇◇◇

レイラもなんとか自己紹介を済ませたけれど、視線が彼女から逸《そ》らせない。

光に透かすと金に見える亜麻色の髪も、緑の瞳も、間違いない。確かにシンシア・オルブライトだ。

「……どういうこと？」

漏《も》れたつぶやきは、かすれ声だったおかげで誰にも聞こえなかったようだ。

婚約期間を置いて、一年後にはルウェイン王子と結婚するだろうと思っていたのに、どうしてシンシアが聖女に立候補するのか。

自己紹介の時間が終わると、神官達の指示に従って食堂で聖女候補達は食事をとった。

レイラも夕食を口に運んだものの、シチューの味がよくわからない。やがて夕食の時間の終わりを告げられて席を立った。

「部屋……どこだったかしら」

忘れて恥をかくのは嫌だったので何度も確認したのだが、頭が上手く動かなくて思い出せない。でもこの場に留まっているのもおかしいだろう。食堂を出たレイラだったが、なぜかそこにシンシア以外の聖女候補達が集まっていた。

そのうちの一人がレイラの前にやってきて、がしっと右手を握りしめた。

「レイラディーナ様、心中お察しいたしますわ。けれどどうか元気をお出しになって下さい。わたくしはまだレイラディーナ様よりも状況が厳しくありませんから、レイラディーナ様のためなら辞退を申し出ますわ。ここにいる皆様も同意して下さっていますの」

慰めの言葉を口にしたご令嬢は、そっと目じりを指先で拭っていた。彼女の後ろにいる令嬢達も、うんうんとうなずいている。

思考力が低下しているレイラは、一体何のことだろうと首をかしげてしまう。その様子に、彼女達は何かを察したようだ。顔を見合わせて、気の毒そうな目をレイラに向けてきた。

「ショックが強かったのですね。静かな神殿での生活を望んでいらしただろうレイラディーナ様には、受け入れがたいことですもの。国王陛下に能力を称賛された王子の婚約者が、立候補するだなんて……。これではわたくし達には、勝ち目がありませんから」

彼女はうつむいて唇を引き結ぶ。

その様子に、レイラも彼女達が自分を気遣う理由をようやく理解した。

彼女達が聖女になろうと考えたのは、結婚のための箔付けが欲しいからだ。結婚適齢期の三年間を潰すことも厭わないのだから、何かしら結婚が難しい理由を抱えているんだろう。

だからこそ、箔をつけても求婚者が現れるわけもないレイラの状況を、自分のことのように感じてくれていたのだ。

でもそこに、シンシアが立候補してしまった。

強い聖霊術を扱える人物がいれば、聖女はその人に決まってしまう可能性が高い。いつだって聖霊術の使い手は足りないのだ。

他の令嬢達にも、シンシアに対抗できるほどの力はないのだろう。

彼女達も箔をつける機会を奪われ、その相手が王子の婚約者だということで、悔しい思いをしているのだ。

その考えに至ったレイラは、自分と同じ立場の令嬢の手を握り返した。

「あなたも辛《つら》い思いをなさっているのね……」

「レイラディーナ様、どうぞ元気をお出しになって。皆同じ気持ちですわ」

レイラは彼女と手を繋《つな》ぎ、自分達の身に振りかかる艱難辛苦《かんなんしんく》について思いを馳《は》せた。

いつの間にかその上に他の人の手が添えられ、気づけば九人で円陣を組んでいた。

仲間の存在に慰められたレイラだったが、結束したところでシンシアという壁を越えられるわけではないし、このままでは聖女にもなれない。

あまりに悔しくて、その日レイラはなかなか寝付けなかった。

散々ベッドの上を転がった末に、レイラは廊下や庭を歩くことにする。

神殿の中を見回っている人もいたが、一度も見とがめられずに庭へ出られた。

神殿の敷地は大きい。大聖堂を往来に近い場所に据え、塀《へい》の中には広い外庭に囲まれた、神官の生活の場や小さな聖堂等を備えた棟が幾つも作られている。昼には高い塀の向こうに王宮の尖塔《せんとう》が見えるけれど、敷地が広い上に、隣り合う王宮も神殿とは庭を挟んでいるので、とても遠く感じるほどだ。

今は暗い夜の中に沈んで、明かりもない庭は暗い森のようだ。ただ、月明かりのおかげで近くのものは見える。

むしろこれぐらいが、レイラにはちょうどよかった。自分の姿を隠してくれるからだ。

目を凝らし、神殿の建物側から繁《しげ》みで見えない場所を見つけると、レイラはしゃがみ込んだ。

「どうしよう……」

もう何もできることがないとわかっていても、つぶやいてしまう。

神殿に居続けたところで、結果は見えている。シンシアに聖女の座は奪われ、家に帰るしかなくなるのだ。

でも諦めきれなかった。だからレイラは、家に一度戻ってから三年後にもう一度聖女候補になることを考えてみたけれど。

「だめだわ。一度なれなかった人を、候補に入れてくれるわけがないもの」

それに父侯爵は、レイラが家に戻ったら二度と聖女に立候補するのを許してくれないだろう。しかも王家から婚約解消の代償として、交易の特権をぶんどると息巻いていた父のことだ。必ず達成した上で、それを使ってレイラを隣国の貴族と縁づかせようとするはずだ。

深いため息をつきかけたその時、ふいに土を踏みしめて歩く音を耳にした。

夜間の見回りだろうと思ったレイラは、立って近くの繁みの後ろへ身を寄せた。良家の令嬢が、こんなところにしゃがんでいる姿を見られるわけにはいかない。

そのまま見回りが通り過ぎるのを確認しようと、足音の主を探す。

木立の陰の向こうに、ランプの明かりが揺れながら現れた。

ランプを持っている人物が、その明かりの中にぼんやりと浮かび上がっている。黒いフード付きのローブを着ている人物だ。顔は黒い影に覆われているみたいで、不気味だ。

その人物は、明かりで確認しながら花壇の一画へ向かうと、足を止めた。

夜中に花を観賞しているのだろうか。レイラが首をかしげそうになったその時――明かりに照らし出された花が、みるみる萎《しお》れていくことに気づいた。

「え……」

見ているものが信じられなかった。

神官なら、聖霊術で花を咲かせられるだろう。でも枯れさせてしまうだなんて……。

「悪魔……？」

つい思ったことが、唇からぽろりとこぼれる。

「人がいるのか」

フードの人物がレイラの存在に気づいてしまった。

低く籠《こも》った人とは思えない声に、レイラは恐怖で身を縮めた。

こちらを振り返った相手が少しずつ近づいてくる。間近になっても、相手のフードの下の表情は見えなかった。まるで黒い靄《もや》がフードを被っているみたいで、怖くてその場から身動きができない。

じっとしているレイラをランプで照らしながら、フードの人物は小さく笑い声を漏らした。

「その格好をしているということは、聖女候補か」

言われてレイラは自分が着ている服を思い出す。白の襞《ひだ》が多い腰で膨らませていないすとんとしたドレスの上から、明るい夕陽色のガウンを羽織っている。これは聖女候補の衣服だ。立候補した時に意匠《いしょう》を伝えられて、家で何着か仕立ててもらったものを着ていた。

黒いフードの人物は、レイラの返事を待つかのようにじっと黙っている。

答えないと殺されるのではないかと思ったレイラは、小さくうなずいた。

「あ、あなたは……？」

声を震わせながらも問いかけてしまったのは、否定して欲しいからだろう。そんなレイラに彼は言った。

「私は悪魔だ」

……そんなあっさり認めるの？　とレイラは拍子抜けした。しかもだ。

「悪魔です、なんて自己紹介する人、初めて見た……」

心の声が口から漏れてしまったレイラに、悪魔と名乗った人物が笑う。

「なぜこのような場所に、いる？　理由によっては見過ごしてやっても……いいが」

「り、りゆ……う？」

尋ねられて、レイラは困った。

事情を話せば見過ごしてもらえるらしい。だけど口が震えて、上手く話せる自信がない。このままでは、悪魔に殺されてしまうかもしれない。

死ぬ、と想像した時に……生きていてどうするんだろうという気持ちになった。

アージェスの側にもいられない上、婚約者を奪ったシンシアが、恋する相手の隣に立つ姿を見なくてはならなくなる。不幸のどん底で、殺されても生きていても同じではないのか。

「そうよね、これ以上不幸になりようがないのだし」

自棄《やけ》になると、上手く声が出せるようになった。

「お話ししますわ。そもそも私、王子との婚約が内定していたのに、突然解消されたのです。他の、もっと条件のいい女性と王子が婚約するために」

レイラは、自分が神殿の片隅で絶望感に浸ることになった経緯を語った。

「それだけならまだ私が傷つくだけで済んだのです。けれど、王家が内定の話をほとんどの貴族に漏らしていて。私が婚約解消されたのは周知のものになっていました」

レイラは一度唇を噛みしめてから、続けた。

「こうなってはもう、国内では結婚できる可能性はありません。相手が王子では、祝い事がある度に皆が思い出してしまいますもの。噂は私が結婚できない年齢になっても消えないでしょう。だから神殿に入ろうと思ったのです」

聞き終わった悪魔は、一つだけ疑問に感じたようだった。

「なぜ、聖女に？　三年ぐらいでは噂が薄れないのだろう？」

「私に神官になれるだけの能力はありません。だけど聖女なら、通常はあまり聖霊術の強さで選ばれないと聞きました。なんとか聖女になれば、任期後も神官として神殿に残れると聞いたのです。それに大神官様の……お側にいたくて」

「大神官の側にいたいのは、なぜだ？」

もう、そんなことは不可能だと思ったレイラは、自分の気持ちを少しぐらいは悪魔に教えても構わないだろうと思った。

「優しくしてくれたんです。王宮で人に心ないことを言われて泣いていた私に。それが嬉《うれ》しくて。あの方の姿を見ていられたら、結婚できないような私でも、幸せな気持ちで生きられるのではないかと思ったのです……」

言葉を口にしながら、レイラは自分でも泣けてきた。

恋人になるなんて大それたことは望まない。嫌われずに、仕事仲間ぐらいの関係でもいいから近くにいて、見つめられれば良かった。そんなささやかな願いを叶えたかっただけなのに、高すぎる壁が立ちはだかる。

「でも王子の婚約者のシンシア嬢が、聖女に立候補していて……」

「その娘が、お前に代わって婚約者になった人間か」

「そうです。彼女はとても強い聖霊術が使える人です。しかも王子の婚約者となれば、神殿も彼女以外を選べませんでしょう？」

むしろシンシアを選ばなければ、王家が強く抗議するだろう。神殿も王家と対等な立場とはいっても、諍《いさか》い事を抱えたくないはずだ。他の聖霊術が得意ではない令嬢を、選ぶことなんてできない。

考えるほど、無理だという気持ちが大きくなる。

涙が溢れてきて、目の前にいる悪魔の姿も滲《にじ》んでよくわからなくなった。

でも元から顔もよく見えないし、問題はない。流れ出る涙を拭っていたら、悪魔がまた小さな笑い声を漏らした気がした。悪魔だから、きっと他人の不幸が面白かったんだろう。

そう考えていたら、悪魔に妙な提案をされた。

「……もし、聖女に選ばれそうなほどの力を得られるなら、どうする？」

「力って……聖霊術？」

「悪魔なら、それが可能だと思わないか？　今の話が面白かったから、お前に力を与えてやってもいい。欲しいか？」

レイラは目を見開いた。

もっと強い聖霊術を扱えるようになったら、アージェスの側にいられる。聖女になるのを、諦めなくていいはずだ。

心が浮き立った直後に「でも」という言葉が心をかすめた。悪魔の力で聖女になったら、優しいアージェスでもレイラを嫌うかもしれない。

でもそこで、このままでは嫌われるどころか、側にもいられなくなることを思い出した。焦《あせ》りがレイラの背中を押す。

「く、下さい！」

悪魔が気を変えないうちにとレイラは急いで返事をした。すると悪魔はうなずいた。

「いいだろう。ただ代償は……そうだな。私の食事風景を見ただろう？」

「食事って、花を枯らしたことですか？」

「そうだ。私は生き物の中にある力を取り込んで糧にしている。だが毎回食事をするためにあちこち枯らして歩かなければならないので不自由している」

悪魔の言葉を聞きながら、レイラは「ふむ」と納得した。花の力を食べていたのか。

そんなことを言い出すのだから、この悪魔は食事の手伝いでもして欲しいのだろう。頻繁《ひんぱん》に庭の花を枯らしていたから、神官達に倒されそうになっているのかもしれない。

とはいえ、レイラには花を枯らして吸収する、なんて真似はできない。

「そうしたら、代わりにごはんを沢山《たくさん》食べたらいいのかしら？」

ごく自然に、食べる量を増やせばいいとレイラは思った。そう言った次の瞬間、食べるのは悪魔なのだから、自分が食べても解決しないことに気づいたのだけど。

悪魔を取り巻く黒い煙のようなものが、うごめき出す気配がした。

クスクスと笑い声が聞こえて身を縮めた瞬間、わっと煙が急に増え、レイラを取り巻いた。

ランプの光も見えなくなる。

目の前が真っ暗になって悲鳴を上げかけた時、何かがカチリと切り替わったような感覚がして、レイラの悲鳴が引っ込んだ。

何？　と思っているうちに、煙はいつの間にか周囲からなくなっている。

目の前にいる悪魔は、どうしてか肩を震わせていた。まさか笑ってるのだろうか？

「代償は決まったようだな。お前は聖霊術を使うために、沢山食べなければならなくなったようだ」

悪魔の言葉を頭の中で反芻《はんすう》し、吟味《ぎんみ》して、レイラはようやく気づいた。

「まさか沢山食べるのが代償だというの？　うそ、決まってしまったの⁉」

「お前が口を滑らせたからだ。もう取り消しは効かない」

「え……」

「ではな」

そう言うと、悪魔はさっさと立ち去ってしまう。

残されたレイラは、悪魔が持つランプの明かりも見えなくなり、足音も聞こえなくなってから、その場に座り込んだ。

「私、大食漢になったってこと⁉」

つぶやいて、レイラはとんでもない事態に呆然としてしまったのだった。

二章　秘匿《ひとく》すべき事態です

悪魔と会った後、レイラはとりあえず部屋に戻った。

驚いたり怯《おび》えたりしたせいで疲れたのか、すぐに寝入ることはできたが、目が覚めた後に問題が起こった。

ぐーと鳴るお腹《なか》の音で目が覚めたレイラは、目をこすりながら起き上がった。

妙にお腹が空《す》いている。でもこれぐらいなら、夕食を減らした翌日に似た状態だし、きっと食べ足りなかったんだろうと思っていたレイラだったが。

寝覚めの一杯と、部屋に置いてあった水を飲んだとたん、耐えがたい空腹感が襲いかかって来た。

「うっ⁉」

思わず呻《うめ》く。慌《あわ》てて家から持ち込んでいたお菓子を貪《むさぼ》った。「お気に入りのお菓子を沢山《たくさん》持って行きなさい」と用意してくれた父にレイラは感謝した。後で手紙を書かなくては。

それにしても、どうしてこんなにお腹が空くのだろう。

首をかしげながらも身支度を整えて、食堂へ向かう。時間が来たので、助神官が迎えにやって来たからだ。聖女候補は全員貴族令嬢なので、女性の助神官が着替えなど朝の支度を手伝ってくれたり、食堂への案内もしてくれる。

けれどレイラは、食堂の戸口で立ち止まってしまった。

「……とり？」

半透明の白っぽい鳥の姿が一瞬見えた。幻覚でも見えたのかと不安になった瞬間、ふと消えてしまう。白昼夢かと思い、レイラはそっと手の甲をつねって食堂へ入った。

朝食の席で、お腹が満たされることを期待したレイラだったが、そこでも問題が起きる。

（おかわりしたい……）

スープも食べた。サラダもあった。ここにいるのが貴族令嬢だからかもしれないが、デザートに果物もついてきた。

しかし足りない。

かといって他人の目がある食事の席で、淑女がおかわりをするなどあり得ない。シンシアだってパンは一個しか食べてないのに……と思ったら、ふっと彼女の肩に、白い鳥が止まっている幻覚が見えた。

薄紅色の冠毛《かんもう》がある白い鳥。

さっきの幻覚よりも輪郭がはっきりしていたおかげで、レイラはようやく気づいた。

聖画で見る聖霊に似ていることに。

白い体に、長い尾。足は普通の鳥ではないことを主張するように四本ある。そんな絵画と同じ姿の鳥が、シンシアの肩に止まっていたのだ。

「これ、もしかして……聖霊」

今までうっすらと白い影が見えるだけだったレイラが、はっきりと見えるようになったのは、昨日の悪魔との契約のせいではないだろうか。今度は瞬《まばた》きしても、シンシアの肩にいる聖霊の姿は消えない。

だとすれば、この空腹も強い聖霊術が使える代償のせいだ。

納得したので、レイラはなるべく沢山食べ物を口に入れることにした。パンなら二つくらい食べている人もいる。それなら自分はこれぐらい……と、レイラは三個をお腹に収めた。

朝食が終わると、聖女としての能力を測るための時間になる。

聖霊術の能力の限界を見て、選定の日の儀式で何をするのかを決めるためだ。

聖霊術が得意ではない令嬢達が集まった場合、選定の日に他のことを行わせて最終判断をする。今回は、早々にシンシアに決まってしまってもおかしくはない。彼女は王子の婚約者で、聖霊術に秀でているのだから。

そうはさせない、とレイラは唇を引き結んだ。

絶対に、聖女の座は渡さない。本当に悪魔が強い聖霊術を使えるようにしてくれたのなら、可能なはずだ。せめて選定の日までの間に、二人の能力が拮抗《きっこう》していると思わせて、最終日には国王の前ではっきりとシンシアに勝って、聖女の座を射止めるのだ。

小さな鉢を並べた台に、一人ずつ近づく聖女候補者達の様子を見つめながら、レイラは自分の番を待つ。

聖霊術の強さを試すために用意されたのは、小さな鉢植えだ。種を芽吹かせて、どこまで成長させられるのか、というので能力を測るつもりらしい。

今回の聖女候補者の令嬢達は、ほどほどに聖霊術が使える人が多かったようだ。双葉から、葉が生えそろうまで成長させる人ばかりだ。彼女達の側《そば》には聖霊が舞い飛び、肩に止まったり鉢植えの端に止まったりしている。

そんな中、シンシアはすごかった。茎と葉を伸ばしていった植物は、つぼみまでつけたのだ。

神官に名前を呼ばれて、レイラは前へ進み出た。

今までのレイラだったら、種から芽吹かせるのも難しかっただろう。でも悪魔と契約したのだ。

不安と期待を胸に、いざ神官の持つ小さな鉢植えと土の上に置かれた種に向かい合う。

種に手をかざすと、その手にまとわりつくように白い影がふわっと湧《わ》き上がった。

聖霊の影だ。いつもは白い影だけが見えていたけれど、今回は鳥の輪郭が露《あら》わになる。

そうして見えた聖霊の姿に、レイラは眉をひそめた。食堂や他の聖女候補達の側にいた鳥とは違いすぎた。

薄紅色の冠毛がある。白い鳥というのも間違いない。なのにどうして、ひよこを太らせたような姿なのだろう。

これを聖霊と考えていいのか悩んでいると、白いひよこが鉢の上でくるりと一回転してふっと浮き上がる。

それにつられるように、種が発芽した。茎が伸びた。驚いて手をよけた後の空間に細長い葉が伸びて行き、瞬《またた》く間に茎の先端にラッパ型の薄紅色の花が咲いていた。

「すごい！」

「まぁ花が！」

周囲のご令嬢方が驚き、鉢を持っていた神官も目を丸くしている。

「咲いた……」

レイラ自身も驚いて、思わず花を食い入るように見つめてしまう。幻ではないのかと手を伸ばして、花びらに触れようとした時、

「……っ⁉」

急激にお腹が空いて、血の気が引いた。

朝の空腹感など比較にならないほどだ。お腹が空き過ぎて苦しい。まさか聖霊術を使ったから？　でも他の人はお腹が空いている様子もない。きっと、悪魔との契約のせいだ。

しかしレイラは悪魔に力の使い方を教えてもらったわけではない。仕組みに気づいても既《すで》に

手遅れで、空腹のあまり目が回ってその場にへたり込んでしまった。

「レイラディーナ様⁉」

レイラの様子に気づいた人が駆け寄ってくる。大丈夫かと聞かれたレイラの方は、症状を口に出すこともできない。

(お腹が空いてるだけだなんて、恥ずかしくて言えない！)

苦しさのあまりに、自分が咲かせた花をむしって食べてしまいたい衝動に駆られる。口を開いたら、うっかり食べ物をねだってしまいかねない。

とにかくこの場から逃げなければ。そう思ったレイラは、よろけながらも立ち上がって歩き出そうとした。

「いけませんわ、そんなに足がふらついていらっしゃるのに！」

「誰かレイラディーナ様をお運びしてあげて！」

「待っていて下さい、人を呼んで来ますから！」

周囲に集まっていた聖女候補達が悲鳴を上げ、引き止めてきた。その場にいた神官達にもここで待てと言われ、レイラは絶望する。

(もう……だめ。私、お腹が鳴る……)

耐えているうちに空腹感には少しだけ慣れてきたけれど、今度はお腹が鳴りそうになっていた。このままでは憧れのアージェスがいる神殿で、レイラは空腹でお腹が鳴った女だ、とみんなに噂《うわさ》されてしまう。いずれは彼にも知られてしまうに違いない。

レイラは恥ずかしくて、涙が滲《にじ》みそうだった。

既に身動きを封じられた以上、その時を静かに待つしかないと思い定め、レイラが目を閉じた時だった。

「具合が悪くて倒れているのですか？」

低すぎない優しい声が聞こえた。レイラがずっと側で聞きたくてたまらなかった声だ。

「大神官様。聖霊術を使わせたらこのように……」

応じた神官の言葉から、間違いなくそれが大神官アージェスのものだとわかった。

レイラは目を開けようとした。側にいるのなら顔を見たい。いや、また紗《しゃ》で隠しているかもしれないけれどその姿を目にしたい。なのに一度閉じた目が、なかなか開いてくれないのだ。

「治療をしましょう。私は一度準備をして行くので、聖堂に運んでくださ……」

その時ようやく、レイラは瞼《まぶた》を上げることに成功した。

アージェスは頭から紗を被《かぶ》って顔を隠していた。でもきらめく淡い金の髪と、麗しい顔の輪郭がうっすら透けて見える。彼の側には付き従うかのように舞う何羽もの聖霊の姿があった。

喜びに目を輝かせたレイラだったが、アージェスは指示をするため近くの神官を指さした姿勢のまま、一瞬で姿を消した。

「……え？」

思わず声を上げたレイラと同様、他の聖女候補達も驚いて口元を押さえていた。

側にいた神官が慌てて説明してくれる。

「大神官様は聖霊術によって、一瞬にして場所を移動することもできるのですよ。さ、私達はレイラディーナ殿を運ばねばなりませんから、聖女候補の皆様はお部屋でお待ち下さいね」

先日もこの瞬間移動を目撃したレイラは納得した。他の令嬢達も、さすがは大神官様、と感心したように話している。

その後、神官達はレイラを担架で運んだ。

移動先は、神殿の大聖堂とは違うこじんまりとした聖堂だった。

背もたれのない座席に寝かされると、ほどなくアージェスがやって来た。

彼は、いつも被っている紗を外していた。

今度こそ、アージェスの顔を見逃すまいと目をかっぴらいていたレイラの側に、表情を曇らせたアージェスが膝《ひざ》をつく。そして治療の妨げになるからと言って、なぜか運んでくれた神官達を聖堂の壁際まで遠ざけた。

そんなにも秘密にしなければならないような、重大な話があるのだろうか。

疑問に思った次の瞬間、レイラは青ざめる。レイラが秘密にしているのは、悪魔と契約したことだけだ。まさかそれがバレてしまったのではないだろうか。

怯えるレイラに、アージェスは掌《てのひら》に乗るくらいの小さな紙包みを差し出した。

「気を楽にして、これをお食べなさい」

ささやきながらアージェスが一つ摘《つ》まみだしたのは、小さな薄紅色の砂糖菓子だ。

鼻をつく甘い砂糖の香りに、なんでもいいから食べ物が欲しかったレイラは唾を飲み込む。強過ぎる食欲が湧き上がって、アージェスの目の前なのも忘れ、口に運んでくれることに恥ずかしさを感じる余裕もなく、素直に口を開いて飲み込んだ。

すると、水が体中に行き渡るように力が戻ってくる感覚があった。

空腹感も薄れてレイラはびっくりした。小さな砂糖菓子一粒だけで、パンを五個食べたようにお腹が少し落ち着いたのだから。

「聖霊術を使い過ぎたのでしょう。菓子と一緒に神力を少し分けましたが、いかがですか？」

なるほど、砂糖菓子でこんなに回復したのは、アージェスが神力を込めてくれたからのようだ。考えてみれば、聖霊術を使うために食べ物を必要としていたのだから、神力を与えてもらうのが一番なのだろう。さすが大神官様、とレイラは感動した。何も言わないうちから察して、対処してくれたのだから。

起き上がったレイラは深々と一礼する。

「はい、かなり体が楽になりました。お礼申し上げます大神官様」

「良かった。急に強い聖霊術を使えるようになると、飢《き》餓《が》感から立ちくらみを起こすことがあるのですよ」

アージェスの説明に、レイラは内心でほっとした。悪魔と契約していなくても、聖霊術を使い過ぎるとお腹が空くらしい。この清く優しいアージェスに悪魔との契約について知られたくなかったので、助かった。

そんなレイラに、アージェスが続けてとんでもないことを言い出す。

「聖女候補となった方々の体調を気遣うのも、神殿の責任。安定するまでは、できるだけ私が様子を確認したいのですが……」

（え、大神官様が毎日私に会いに来てくれるの⁉）

期待で胸が高鳴るレイラの前で、アージェスが視線を横に向ける。つられるようにして見れば、離れて様子を見守っていた神官の一人が難しい顔をしていた。頭頂の髪がやや寂しくなってきた神官は、緋色《ひいろ》の肩掛けをしているので、神官長補佐だろう。かなり高位の神官だ。

「お一人だけを、毎日大神官様がご診察なさるのは……」

神官長補佐の言葉に、レイラはしゅんとする。確かに一人だけ特別待遇をするのは難しいだろう。きっとアージェスも止《や》めると言うかと思ったのだが。

「とりあえず明日は私が診《み》ます。そのように手配を」

その言葉には、神官長補佐もやや渋い表情をしながらも反対しなかった。

「ご予定にはありませんでしたが……本当に宜《よろ》しいのですか？」

「問題はありませんよ。詳細については、この後で打ち合わせましょう」

目を瞬いているレイラを、アージェスが振り返った。

「とりあえず明日、私の元へ来て下さい。いいですね？」

「は、はいっ、ありがとうございます！」

明日もアージェスに会える。それだけで頭がいっぱいになったレイラは、勢い良く頭を下げて御礼を言ったのだった。

そんなレイラを見て少し頬を緩めたアージェスは「ではまた会い……」と言いかけたところで、ぎょっとした表情をしたかと思うと、ふっと姿を消してしまった。

「え、あ……」

明らかに話している途中で、本人も予期せず消えたような形だった。まさか、アージェスが自分で移動したのではなく、誰かの術で連れ去られたのではないだろうか。

レイラがそんな疑惑を抱いたことを察したのか、先ほどの神官長補佐が慌てて説明する。

「そのですね、大神官様の聖霊術はちょっと特殊でして。聖霊にとても愛されているために、大神官様の意図を察した聖霊が、先に術を発動してしまうことがありまして」

なんと、聖霊がその意を察して聖霊術を使うとは。さすがだと、レイラは素直に感動したのだった。

アージェスが分けてくれた菓子のおかげなのか、その日は問題なく過ごすことができた。

翌日も、朝から恐ろしい飢餓感に襲われたりもしなかった。

ただこの日のレイラは、変なことに気づいてしまった。

食堂の中にも十羽ほど聖霊が飛んでいる。みんな聖画の通りの優美な姿だ。

レイラの腕に止まった聖霊も、最初はすらりとした美しい鳥姿だったけれど……レイラがパンを一個飲み込むと、ぽわっとその体が一回り膨らむ。もう一個食べると、頭もまん丸に膨らんだ。果物を食べきると、もう丸いひよこのような姿になっている。

「…………」

まさか、食べるとレイラの神力が近くの聖霊に流れていくのだろうか。そのおかげで、強い聖霊術が発揮できるということかもしれない。

けど、と思いながらレイラはそっとシンシアの方をうかがう。

シンシアの側にいる鳥は、あんなにすらりとして綺麗《きれい》なのに……と思ったら、彼女が食事の合間に、何か薬のような白い粒を飲み込んだ。

体調が悪いのだろうか。思えば顔色も冴《さ》えない気がする。とはいっても、元々美少女のシンシアに儚《はかな》さが足されて、さらに可憐《かれん》に見えるだけなのだが。

聖霊が肩に止まっている姿は、まさに聖女といった趣《おもむき》だ。

自分にはそんな真似はできないと思うレイラは、せめて聖霊術で彼女に勝ちたいと思いながら、風が吹き始めた窓の外に目をやった。

朝食の後、聖霊術の訓練が行われた。

これは聖女候補全員が参加するもので、選定の儀式の時に聖霊術を披露してもしなくても行うものだ。

聖女に選ばれた時のためでもあるし、聖女に選ばれなくても、聖霊術で身を守ることもできるようになれば本人の価値が上がるのだ。

シンシア以外の令嬢達は、この訓練も目当てに聖女に立候補したらしい。

「だからわたくしたちのことはお気になさらず、がんばって下さいませ！」

彼女達に応援され、レイラ自身も聖霊術の使い方を加減できるようにならなければならないと思っていたので、真剣に練習しようとする。

まずは瞑想《めいそう》の時間をとった後、聖霊を集める練習を行う。

神殿の庭に出た聖女候補達は、噴水の側や、花壇の側など思い思いの場所に座り、聖霊を呼ぼうとする。

強い風が吹いていたけれど、スカートの裾に注意しておけば問題はない程度だ。

(来い来い……まずは一匹)

瞑目して念じたレイラは、ふっと聖霊がやってきたような気がして瞼を開ける。すると、膝の上に乗せていた掌に、聖霊がちょこんと収まっていた。

一気に力を使うと空腹で倒れるかもしれないと思い、一羽だけ呼んでみたが、案の定少しお腹が空く程度で収まっている。

ほっとしつつ、つい横目でシンシアの様子を見てしまう。

今日のシンシアは真剣な表情で聖霊を集めていた。十羽ほどが舞い飛び、聖女達の様子を見ていた神官が彼女を褒めていた。

レイラの周囲に集まるひよこっぽい聖霊と違い、シンシアの側にいるのは宗教画に近いすらっとした薄紅色の小鳥だ。

レイラは自分の腕に止まって休んでいる聖霊を見る。四本足でしっかりとレイラの腕を掴《つか》んでいるものの体重を感じない聖霊達は、鳥っぽく羽を広げて嘴《くちばし》で毛づくろいしていたりする。

シンシアの聖霊は優雅に飛び回っているというのに。

「…………」

とはいえ、太ったひよこのようになるのは悪魔の契約のせいだと思うので、これを改善するのは無理だろう。悪魔の力を借りたことがわからなければ、それでいい。

本当は呼べる数を増やしたいが、また倒れてしまってはアージェスに迷惑がかかる。

何より今日は、アージェスに会えるのだ。

聖霊術の訓練が終わると、午後まで聖女候補達は自由行動となる。レイラも一度部屋に戻り、もう一度髪を梳《と》かし直しながら昼食の時間までをゆったりと過ごした。

そして食後、食堂から出たレイラを一人の神官が呼び止めた。

神官はレイラを先導して歩き、庭へ出られる階段まで付き添うと、その先に伸びる小道の先の建物を訪問するように言った。

朝から吹き始めた風が止んだ道を、レイラは素直に歩く。

やがて神殿から離れた庭の中に作られた、二階建ての小さな建物を見つけた。

屋根の部分が丸く造られてる建物に既視感《きしかん》があったレイラは、以前見た神殿の馬車と同じく、鳥かごに似ているのだと思い出した。

「神殿って、こういうデザインが好きなのかしら。というか大神官様の元へ行くって、書斎のような場所へ案内されるものだとばかり思っていたのだけど」

まさか大神官の住まいというものは、伝統的に神殿の外にあるのだろうか。

疑問は積み重なるけれども、アージェスを待たせてはいけない。レイラは思いきって扉のノッカーを叩《たた》いた。

間もなく扉が開かれる。現れたのは、アージェス本人だった。

お付きの人が応対してくれると思っていたレイラは慌てる。しかもアージェスは、いつものように紗を被っていなかったのだ。

(大神官様のお顔が、お顔が！)

頭の中は大混乱だ。そんなレイラにアージェスは柔らかく微笑《ほほえ》みかけてくれる。

「ここまで足を運ばせてすみません。どうぞ中へ」

レイラは小さな石壁のエントランスを経《へ》て、さらに扉を隔てた部屋へと通された。

部屋の中には誰もいなかった。アージェスと二人きりだ。

失神しそうなほど嬉《うれ》しい状況だったけれど、レイラはなんとか正気を失うまいとした。アージェスに無様な姿を見せたくないので。

「大神官様！　あの、その、この度は本当にご配慮いただきまして誠にありがたくももったいなく……」

「そんなに堅苦しい挨拶《あいさつ》をしなくても大丈夫ですよ」

アージェスに微笑まれ、顔が茹《ゆ》で上がりそうなほど熱くなったけれど、せめて顔だけはにやけないようにした。

「事情が事情なので、他の場所では話せませんので、私室に来ていただくことになってすみません」

「……っ⁉」

衝撃的な言葉に、レイラは足から力が抜けそうになる。

(大神官様の私室！　そこに私が訪問⁉)

めまいがしそうだった。それを空腹のせいだと思ったのだろう。アージェスが心配そうな表情で、テーブルの上にあるものを指し示した。

「お腹が空いているでしょう？　まずはこちらをどうぞ」

そこに用意されていたのは、山盛りの料理だった。

「あ……」

お腹が鳴りそうになって、レイラはぐっと息を詰める。

やはり聖霊術を使った後は、お腹が空いてしまっていた。昼食も倍の量のパンを食べたところで、人目を気にして自制したのだけど、足りなかった。

だから食べたいのは山々だったけれど、このままでは太りそうだと心配になったのだ。

いくら聖霊術のためとはいえ、こんなに食べていたら栄養が体のあちこちにため込まれ過ぎて、ぷよぷよになってしまいそうで。

レイラは山盛りの料理を前に立ち尽くす。でも目が食べ物に釘《くぎ》付けになってしまって離れない。

そんな彼女をアージェスが促《うなが》した。

「遠慮をしてはいけませんよ。聖霊術に変換される分が必要でお腹が空くのですから、太ることもないでしょう」

「え……太……らないのですか？」

「強い術を行使した後は、私もかなり食べますよ。だから安心して下さい」

アージェスが食べると聞いて、レイラは少しほっとした。

けどやっぱり恥ずかしかった。

自分のことを想ってもらえるだなんて考えてはいない。それでも少しは良い印象を持ち続けてもらいたいというのが乙女心だろう。大食いなどもっての外《ほか》だ。実に淑女らしくない。

ためらっていると、アージェスはとうとうレイラの背中を押し、椅子に座らせた。

食べ物の匂いに必死に耐えていると、隣に椅子を置いて座ったアージェスが、優しい微笑みをたたえて、指で摘《つ》まんだ木の実を差し出した。

「さぁ口を開けて」

昨日と同じように、レイラに食べさせようとしてくれているのだ。レイラは嬉しさと羞恥心《しゅうちしん》で目を白黒させながらも、アージェスの厚意を断れずに口を開け、木の実を食べてしまった。

噛《か》めば噛むほど、自然の甘さとクルミのまろやかな香ばしさが口の中に広がる。レイラは思わずうっとりとした。

そんなレイラを満足そうに見ながら、アージェスが次の木の実をとるため、テーブルに手を伸ばそうとしていた。

「もっと食べさせてあげた方が良いみたいですね」

「え⁉　いいえっ、じじ、自分で食べます！」

宣言したとたん、食欲を押し留めていた羞恥心という名のつっかえ棒が、ぽきりと折れた。

「お言葉に甘えさせていただきます！」

レイラはいそいそと食事に手をつけた。

一度食べ始めたら、もう止まらない。あっという間にパンとスープに柑橘《かんきつ》類を三つ胃の中に

収めてから、ようやくアージェスがじっとレイラを見つめ続けていたことに気づいた。

お腹がちょっと落ち着いたせいで、理性が動きだしたレイラは焦《あせ》った。

片想いをしている人に、猛然とがっついている姿を見られてしまったのだ。食べさせられるよりも、恥ずかしくて穴を掘って埋まりたくなる。でも心に反して、レイラの手はグラタンに伸びていた。

「あの、大神官様は、お食事は……」

一緒に食べたら、少しは気が楽になるからと誘ってみたのだが、

「もう済ませてありますよ」

あっさりと言われてしまった。

「気にしないで食べて下さい、レイラディーナ殿」

「でも、私ばかり食べているみたいで……」

グラタンを口にし始めたものの、だんだんスプーンを動かす手が止まり始める。

「一生懸命食べている姿は、可愛いですよ」

「かわっ……！」

アージェスのとんでもない発言に、レイラの顔に一気に血が上がる。

(今可愛いって言った？　言ったわよね!?　これは奇跡なの？)

思わずスプーンを握っていた手が止まってしまう。……感動で。

もう一度同じ言葉を聞きたくて、じっと見つめてしまったレイラに、アージェスが続けた。

「私は幼い頃から神殿で暮らしていたのですが、体が弱くて人と食卓を囲む機会が少なかったのです。今はそのようなこともありませんが、私が出席する食事会となると、レイラディーナ殿のように無心に食べてくれる人はいませんしね」

「でも、その。少しお行儀が悪いのではないかしらと……」

ところどころ、食欲のせいで意識が飛んでたので、心のままに大口を開けて食べていたはず。それを見られたのかと思うと、レイラは身の置き所がない気持ちになるのだ。

「貴婦人の所作は美しいものですが、美味《おい》しそうに食べている姿の方が、見ていて私は好ましいと思いましたよ。それになんだか、迷い込んだ子犬にお腹いっぱい食べさせてあげているみたいで、私は嬉しいのです。私を心配させないように、沢山食べて下さいね」

美味しそうに食べる君の姿が好き、という言葉にきゅんとして。子犬になぞらえられて熱に浮かされた気持ちが落ち着いてと、レイラの心はせわしなく揺れる。

ただこの発言で、アージェスはレイラがどんなにがっついていても、小動物が食べ物を口に詰め込んで頬を膨らませているように見えているのだとわかった。

危ない危ない、とレイラは自分の心を戒《いまし》める。

私室に招いたあげくに、好ましいだなんて言うので、少しは自分を女性として気にしてくれたのかと勘違いしそうになった。自分の気持ちを知られてしまったら、遠ざけられてしまっていただろう。

レイラは、私はリスなのよと自分に言い聞かせながら、お腹を満たしていった。

食べきって息をつくと、ようやく他のものにも目が行くようになった。

部屋の中に沢山の花が生《い》けられている。花瓶《かびん》は十個ぐらいあるのではないだろうか。窓を開けているから、花の香りでむせたりはしないけれど、大神官の部屋には花を大量に生けるという決まりでもあるんだろうか。

不思議に思っていたけれど、建物の扉をノックする音にレイラの物思いは消えてしまう。アージェスが小さなエントランスへ向かった。聞こえて来る声の内容から、神官がアージェスを呼びに来たことがわかる。

どうやら隣国ディアルス王国の使者が来ているらしい。元々面会の予定が入っていて、その時間が迫っているようだ。

レイラは急いで食事を口に詰め込んだ。そうして戻ってきたアージェスに、暇《いとま》を告げた。

「終わりました、ご配慮いただいてありがとうございます大神官様。ご予定がおありなんですよね？　すぐ失礼させていただきますので……」

急いでアージェスの部屋を辞去しようとしたら、本人に引き止められてしまった。

「私も神殿内に戻りますから、ご一緒しましょう」

そう言ったアージェスはいつもの通りに紗を被り、レイラを先導するように外へ出た。扉の近くにはアージェスを迎えに来たのだろう、白い肩掛けの神官がいた。彼も一緒に、三人で神殿への道を進む。

第三者の目があるので話しかけたりはできなかったけれど、すぐ後ろを歩けるだけでレイラは幸せな気分になっていた。側にいながら、そっと一人で片想いをするという、レイラが夢見ていた状況そのものなのだから。

アージェスが振り返らないのをいいことに、レイラは彼の後ろ姿をじっと見つめた。白く長い紗で隠しきれない金の髪は、さらさらとしてとても手触りが良さそうだ。姿勢が良いだけでなく、かなり上背もある。

色々なことを確認しているうちに、すぐに神殿にたどり着いてしまった。

庭を通る小道から神殿の外回廊の中に入る。すると回廊の向こう側に、神官に付き添われて歩いて来る青年の姿が見えた。

茶色の巻き毛の青年だ。緑の上着は繊細な刺繍《ししゅう》や真珠が縫い付けられていて、貴族階級だとすぐわかる。柔和《にゅうわ》な雰囲気で話しやすそうな人だ。顔立ちもまずまず、とレイラは思う。ルウェイン王子には及ばないが、優し気な笑顔にうっとりするご令嬢は沢山いるだろう。

「大神官様、あれはディアルス王国の使者です」

アージェスがこの後で会う予定の人は、彼だったようだ。

レイラは今度こそ邪魔をしないように、急いでその場を離れたのだった。

◇◇◇

一月後、エイリス王国にはディアルス国王の代理人として王弟が訪問して来る予定になっている。その際には大神殿にも礼拝に訪れるので、調整役が先にエイリス王国へ来ていた。

調整役の使者は、エドワードという名の公子だった。

対応したアージェスとそう年が変わらない青年は、落ち着いた話し方から外交などにも慣れている様子がうかがえた。

話そのものは、簡単に終わった。

アージェスは軽く挨拶をして、大使の予定について書かれた書類を受け取り、詳細を詰める担当になっている祭神官に、その後の話を引き継がせる。

アージェス自身はそれで退室し、午後の礼拝へ向かった。

大聖堂での礼拝を終えると、一度は自室へ戻ることにしている。

神官長と共に歩きながら思い出すのは、レイラディーナのことだ。

綺麗に一礼して立ち去る、赤味がかった髪の令嬢。

多少は不安を感じていた。顔を合わせれば、彼女は先代聖女のようにアージェスに付きまとい始めるかもしれない、と。

彼女が、アージェスの顔に興味がある様子を見せていたからだ。今日もじっと見つめてきた。それでも決して見つめる以上に何かを求めなかった。アージェスの私室にまで入っても、食べることだけに徹して、常に彼からの許可を待つような顔をしていた。

まるで、よくしつけられた犬のようだ。

こんな行動をするのは、彼女が結婚を諦《あきら》めているからだろうか、とアージェスは思う。

彼女はルウェイン王子から婚約の内定を取り消され、それが周知されたせいで、嫁ぎ先が見つからない状態になったと聞いている。今日の行動を見る限り、レイラはそこで他国に夫を求めて足掻《あが》くのではなく、さっぱりと諦めてしまったのだろう。

そう考えたアージェスは、レイラの気持ちが理解できると感じた。

たぶん彼女は怖いのだ……と。

また同じ目に遭ったら、と思ってしまうのだろう。他国にまで噂が流れて、それが原因で婚約を解消されてしまったり、結婚後に冷たい目で見られるかもしれないから。

アージェスも、誰とも家族になるつもりはない。

誰も自分の状況を、理解できないと思うからだ。理解したとしても、怖がるだけだ。

だから同じように結婚を諦めてる彼女に……同情した。

雨でずぶぬれになった子犬を拾うみたいに、労《いた》わってやりたいと感じるくらいに。

そこでふと思い出した。口に食べ物を運んでいた時、なぜか妙に楽しかったことを。

（もしかして、生き物を飼ってみたかったせいでしょうか）

アージェスは訳あって、犬や猫も飼わないようにしている。昔、自分の失敗で死なせてしまったことがあるからだ。けれどレイラは人だ。愛玩《あいがん》動物とは違うのだが……。

アージェスの脳裏に、食べ物を切なそうに見つめながら我慢していたレイラの姿が蘇《よみがえ》る。

一時期、神殿の神官が飼っていた番犬に『待て』をしていた時に、よく似ていた。

物思いにふけっていたアージェスに、すぐ後ろを歩いていた神官長が声をかけた。

「大神官様。今朝から聖霊がざわめいている原因についてですが」

「わかりましたか？」

朝方、急に聖霊が落ち着かなくなり、むやみに風を起こしていたのだ。神殿内だけだったので何か被害があったわけではないし、嵐の前などに、時々はあるものだ。

「聖霊はざわついた気持ちになっただけだと言うばかりで。嵐の前と同じ様子です。むしろ神官の服を着た不審者がいたそうで。何人かをそちらの捜索に向かわせています」

「では、こちらが気象について読み間違えただけかもしれませんね……」

嵐の前は、断続的に大気の変化を受けて聖霊が騒ぐ。けれど今は落ち着いていた。アージェスが見える範囲にいる聖霊も、優雅に翼を広げて、神殿の外回廊へと降り立っている。

何事もなさそうに見えるのだが……と聖霊を見つめていたら、神官長が何かに気づいたように息を飲んだ。

「大神官様……」

振り返ると、神官長は困惑した表情になっている。

「大神官様、今日はレイラディーナ殿をお招きしていたのですよね？　そのまま使者と面会され、大聖堂で祈られて……。だから、既に足りなくなっているように思うのですが」

言われて、アージェスも神官長が驚いている理由に気づいた。

「もう、聖霊が大神官様を帰宅させてもおかしくはないのでは？」

神官長の言う通り、アージェスと『あるもの』にかけられた聖霊術が発動してもおかしくはないはず。なのに、その気配がみじんもない。

「実は昨日も、いつもと違う感じはしておりました。何かこのことに関して、心当たりはございませんでしたか？」

心当たりはあった。

念のため、アージェスは神官長を連れて自分の住まいへ移動した上で、事情を話した。

聞いた神官長は、しばらく唸《うな》った末に提案した。

「明日から聖女候補達は見習いを始めます。大神官様に見習いをつける予定はありませんでしたが……手配いたしましょう。その上で色々と調べていくべきです」

アージェスはその提案にうなずいたのだった。

三章　鳥かごの中の大神官様

神殿に来て三日目の朝食後。

部屋に戻ろうとしたレイラは、自分を呼び止めた神官から驚くことを聞かされた。

「え……大神官様付に⁉」

信じられなくて、復唱してしまったレイラに、目の前にいる神官はハッキリとうなずいてから声をひそめた。

「予定では神官長補佐が、神殿の礼拝や儀式についてご教示するはずでしたが……。レイラディーナ殿が倒れられないよう、食事の時間を提供するためにも、大神官様付として一緒に行動をした方が良いとお考えなのです」

「ああ、なんてお優しい……」

レイラはアージェスの配慮に感激して、目に涙が浮かぶ。

そもそも彼の部屋に食事を用意してレイラを招くのは、レイラが大食いをしていると皆に知られないように、という配慮だ。アージェスが必要としているからと言って用意することで、少しでもレイラの評判を落とさないようにしてくれたに違いない。

後ろ暗い手段で手に入れた力だけれど、突き進もうとレイラは決意を新たにした。

まずは午前中の聖霊術でがんばることにした。シンシアに負け続けていたら、選定を聖霊術の優劣で決められてしまうかもしれないので、気を抜いてはいけないのだ。

とはいっても、空腹でお腹が鳴らないようにもしなければ。

最初は加減していたレイラだったが。

「今日もあんなに……」

「すごいわ」

周囲の声に、ついシンシアの方を見てしまう。

やや強い風が吹く神殿の庭で、シンシアはあっさりと花を咲かせていく。レイラは「私も！」と闘志を燃やしてしまった。

「ふんぬ！」

気合いを入れて『この花を咲かせたい』と念じながら目の前のつぼみに手をかざす。するとレイラの腕の上に乗ってくつろいでいた聖霊が一羽「あら仕事？」みたいに首をかしげて、風に揺れて斜めになった花に向かってぴょーんと飛び込んだ。

聖霊の姿が茎葉に溶けるように消えたかと思うと、つぼみがみるみる大きくなり、色づいて紫の花弁を開いて行く。

その根元には、少しスリムになった聖霊が現れた。仕事をしたと言わんばかりに「ふっ」とニヒルに笑った聖霊は、すっと姿を消した。

「………」

聖霊のやることはわけがわからない。でも、シンシアに勝《まさ》るとも劣らない聖霊術を使えているので問題ないだろう。

レイラは強い風にあおられて視界を覆《おお》う横髪を背に払い、次の花を咲かせにかかる。

しかしレイラが三つ咲かせる頃、シンシアは既《すで》に四つ目を咲かせようとしていた。

まだまだ大丈夫だろうと、レイラもさらに咲かせようとした。

シンシアが五つ目を咲かせる。

急いで次々と開花させたレイラが六つ目を咲かせると、シンシアが三つを一気に開花させた。

負けまいと、レイラは聖霊に『突撃です！』と号令をかけ、同時に五つを開花させる。

そこで目が回り、レイラはその場にしゃがみこんでしまったのだった。

……幸い、倒れるほどにはならなかった。

見守っていた神官の一人に介抱されて部屋に戻ることができたのだけど、お昼にアージェスの部屋へ訪問すると、当然のごとく彼はそれを知っていた。

「無茶をしてはいけませんよ」

アージェスからやんわりと注意され、レイラはとても反省した。

力の加減をしなければならないのに、シンシアに触発されて我を忘れてしまったのだから。

「ご心配をおかけいたしました……」

「まだ聖霊術の扱いに慣れていないようですから、心配なのですよ」

謝ると、アージェスは優しくなだめてくれる。

レイラは少々心が痛んだが、ダメな子だと思われたくなかったのでうなずき、誤魔化《ごまか》すように食事の続きを口に含んだ。今日はずいぶんと食用花が使われた料理が多いな、と思いながら。

花を見ていたレイラは、アージェスの住まいには聖霊の姿がないことに気づいた。

たいてい好き勝手に飛んでいたり、誰かの肩や頭に乗っているものなので。それをアージェスに尋ねると、彼は「なるほど」とうなずいた。

「無駄に力を使ってしまっているのですね。まずは常に聖霊を見ないようにしましょう、レイラディーナ殿」

「見ない、ですか」

「聖霊を目に映すのにも、自分の中の神力を使っているのですよ。消費を抑えれば、空腹も少しは抑制できると思います」

なんと、見るだけでも消費しているらしい。

「見ないと念じたらいいのでしょうか？　聖霊のことを思い出すと、すぐに見えてしまうのです」

悪魔と契約した翌日から、ずっと聖霊が見えていた。ので、強い聖霊術を使える人は、こんな状態なのだとばかり思っていたのだ。

するとアージェスが席を立った。

「一度食事の手を止めて、窓際へどうぞ」

誘導されて、レイラはアージェスと一緒に窓際に並んで立つ。

建物の床の方が地上よりも高いので、窓から外を見ると庭を高所から少し見下ろすような感じになる。

窓の外には、小鳥のように遊び飛ぶ聖霊の姿があった。今朝は強く吹いていた風は凪《な》いでしまい、木の葉はほとんど揺れていない。陽の光に照らされた庭は、穏やかな雰囲気に包まれていた。

「今は見えていますか？」

「はい」

うなずくと、アージェスが目を手で隠すように指示してくる。

「その手を離した時には見えなくなる、と自分に言い聞かせて下さい。それを繰り返して、自分に暗示をかけていくのです」

促《うなが》されてレイラは手を離してみた。

相変わらず、木の枝に普通の鳥のように止まっている聖霊や、ふわふわと逆さまになって漂う聖霊達の姿が目に映った。

……まだ聖霊が見えてしまう。

せっかくアージェスが教えてくれたのだから、早くできるようになりたいと、レイラは何度も繰り返した。

なのにいつまで経っても、白い体と尾に紅の冠毛《かんもう》をひらめかせて飛ぶ、聖霊の姿が視界から消えてくれない。

がっかりするレイラに、アージェスが言う。

「手伝いましょう。目を閉じて」

何か他の方法があるのだろうか。素直に従ったレイラは、自分ではない手が目元を覆う感覚に肩を震わせてしまう。

暖かくて自分よりも大きな手。

触れられて胸が高鳴るレイラに、アージェスはゆっくりと暗示をかけるように言った。

「自分では難しい場合、他者の手が入ると信じやすくなりますよ。……今から手を離します。そうしたらあなたは聖霊が見えなくなります」

そっと手が離れて行く。

感動の瞬間が終わってしまったのは残念だったが、アージェスの言うことなら、間違いなく信じられる。そう考えながら瞼《まぶた》を上げた。

「あ……見えなくなりました」

窓の外に見えるのは、鳥の姿などない静かな庭の様子だけだ。

瞬《まばた》きして見直しても同じだった。

「成功しましたね。これに何度か慣れましょう。あとは自分でも、試してみて下さい」

そう言ってアージェスは微笑《ほほえ》んだ。

つられるようにうなずいたレイラは、この人の側《そば》に居続けられるようにがんばろうと、決意を新たにしたのだった。

レイラの生活は、その後しばらくは穏やかに過ぎて行った。

朝は他の聖女候補達と一緒に朝食をとった後、密かに部屋に届けられる果物を食べてやりすごす。昼は食堂でさらりと食べた後、アージェスの住まいで不足分を補った。

続いて、アージェスの大神官としての仕事に付き添って見学をする。

見学の時間はそれほど多くはない。ほんの二～三時間ほどだ。聖女候補達は、基本ついて行くだけだ。

アージェスは訪問者と接見し、いくらかの執務を行い、大聖堂で祈りの時間を過ごす。

聖女に選ばれたなら、毎日のようにアージェスと祈る生活を送るのだ。そう想像しながら、粛々《しゅくしゅく》と行動するアージェスの姿を見つめる。

祈りの時間が終わると、アージェスはすぐに部屋に戻って行く。

アージェスはいつだったかのように瞬間移動で姿を消すことはなく、

「ではまた明日」

とレイラに挨拶してくれた。

この生活を始めてから、夜は普通の食事でも十分に対応できるようになった。

そして毎日のように、シンシアと聖霊術で競《せ》り合っていた。

最近は聖霊の声を聞く練習をしている。

庭で聖霊を呼び寄せ、言葉を聞き取るだけなのに、花を咲かせるよりも白熱してしまうことが多い。

まずは指導する神官の言う通り、両手を上向けて重ねた上に神力が集まるように念じ、それに引かれて聖霊が来るのを待つ。

シンシアは慣れているのか、あっさりと何羽もの聖霊を集めていた。

今日は風も落ち着いていて、陽だまりの中で可憐《かれん》なシンシアが鳥を肩や膝《ひざ》の上に止めている姿がとても美麗で、レイラはすごく悔しかった。

レイラのところにも、聖霊は集まって来た。掌《てのひら》の上に浮かぶ、神力を集めた白い霧の球のようなものをつついたりしているけれど、聖霊の数はシンシアの半分ほどだ。

もっと神力を使えば良いのかもしれないが、これ以上の力を出すとまた倒れてしまいかねない。アージェスに心配をかけたくない、だけど負けるのは嫌だったレイラは、思わず聖霊を探して周囲を見回す。

他の令嬢にも集まっていない聖霊が、木の枝に何十羽も止まっている。その聖霊達を呼び寄せられないだろうか。

これ以上消費したらお腹《なか》が空《す》いちゃうから、お願い自主的に来て！　と念じながら、レイラは聖霊をじっと見つめた。すると目が合った聖霊がびくっと震えてから、ほよほよと飛んで寄って来た。

目が合えば良いのだろうか。そう考えたレイラは、他の聖霊をガン見していく。

時々目を合わせないようにしていると思われる聖霊がいたけれど、じーっと見ていると仕方なさそうに飛んできた。

気づけばシンシアの倍の数の聖霊が集まっていた。

聖霊達はレイラの掌の上の神力をつつくと、ふくっと丸いひよこっぽく変化する。

その時に聖霊の声が聞こえた。

《こわかったー》

《こわいー》

《くいけー》

《ぶどう》

《スグリ》

「………」

レイラはそれに対して感想を口にしそうになって、自分を押し留めた。どうも聖霊には、あふれそうなレイラの食い気が怖かったようだ。そして神力からは食べたものがわかるらしい。ぶどう、食べましたとも。スグリはパンに塗るジャムだ。

しかし聖霊はこんなにもあけすけにものを言うものなのだろうかと、レイラは疑問に思う。そっとシンシアの方をうかがえば、彼女は神官に尋ねられて答えていた。

「はい神官様。聖霊達は今日は晴天が続くと言っているようです」

「………」

シンシアの元に集まった聖霊は、天候の話をしている。

レイラは不安になった。神官に尋ねられた時にどう返答したら良いのだろう。まさか『私の神力はぶどう味のようです』と答えるわけにもいかない。

困って困って、レイラは聖霊達をまたじっと見つめた。

何か天気のことでも言ってと念じながら。

やがて神官がレイラの元に来て「聖霊の言葉が聞こえましたか？」と尋ねられた時、レイラは静かに答えた。

「明日は雨が降る、と」

「まぁ、天気について聖霊が教えてくれたのですね！」

神官は微笑んでくれたが、レイラの側にいる聖霊は、何羽かが小刻みに震えていた。彼らはぽつりとつぶやいた。

《やきとり……》

《いうこときかないとり》

《たべられる……》

しかしその声は小さくて、幸いにも神官には聞こえなかったらしい。おかげでレイラが聖霊を「きりきり答えないと焼き鳥にするわよ」と脅《おど》したことは、誰にもバレなかったのだった。

その日の訓練が終わると、レイラは他の聖女候補達と一緒に、部屋がある宿泊棟へ歩き始める。いつもそのまま彼女達と、お茶の時間を過ごすことが多い。

けれど今日は回廊の途中で、神官と立ち話をしている一人の青年貴族と行き合った。

どこかで見たことがある、とレイラは一瞬考えて思い出す。確かディアルス王国の使者だとかで、アージェスと会う約束をしていた人だったはず。

柔らかな雰囲気の茶の髪の青年は、今日はやや濃い色の緑の上着を着ていた。そのすらりとした立ち姿に、一緒にいた聖女候補達が目を引かれている。

「おや、聖女候補のご令嬢方ですか？」

通り過ぎようとした時、こちらに目を向けながら、青年は側にいた神官に尋ねる。

「ええ。選定の年なので」

「ではちょうど良いので、あれをお配りしてもらえますか？」

確認された神官がうなずき、通りかかったレイラ達にどうぞと持っていた籠《かご》の中のものを差し出す。ハンカチに包まれた甘い香りの焼き菓子だ。

お腹が空き始めていたレイラは、こっそりと唾を飲み込んだ。シンシアが先にもらっている包み、他の人よりもちょっと大きいんじゃないかと羨ましく見ていると、目の前に、そっと手が差し出される。

「どうぞ」

「ありがとうございま……」

礼を言って受け取って満面の笑みで顔を上げてから、ようやくレイラはその手の主が青年だとわかった。

相手が神官ではなかったことで驚いたレイラだったが、それを表情に出すのも失礼なので、笑顔を崩さなかった。すると茶の髪の青年は少し目を見開いた後、やや恥ずかしそうにじっとレイラを見つめてから、ふいにレイラの手を握り、他の聖女候補には言わなかった言葉を口にする。

「とても美しい方ですね」

「……はい？」

レイラは目を瞬《またた》いた。

なにせレイラは、お世辞でしか美しいと褒められたことがない。自分でもせいぜい「可愛い」という曖昧《あいまい》な言葉で表現される程度だと思っている。

だからだろうか、真正面から褒められるとやけに気恥ずかしい。

「いいえ、私はみなさまの審美眼に耐えられるような者ではございませんので」

そう言って、レイラはさりげなく握られた手を引き抜こうとした。けれど青年はレイラの手に左手も添えて掴《つか》み直す。

「ご謙遜《けんそん》なさらず。先ほどから、貴女の炎の揺らめきを秘めたような髪の色に目を引かれておりましたが、今こうして間近に接して、青い瞳に見つめられたとたん、僕の心が震えたのです。どうかお名前を教えていただいても？」

レイラは困惑した。積極的に褒め続けてくれるのは悪い気がしないものの、ここは神殿だ。左右からの視線が気になるし、シンシアが困惑したような目でこちらを見ている。はしたない女だと思われたのかもしれない。

とにかくこのままではいけないので、レイラは言った。

「手を離して下さるのなら……」

すると青年は素直に従ってくれた。

「僕は、ディアルス王国のギース公爵家の者。エドワードと申します」

「レイラディーナです」

自己紹介されたので仕方なく名前だけ教えたが、エドワードという青年はそれだけで満足したようだ。

「またこちらの神殿に訪問した際には、お会いできれば幸いです」

エドワードは先ほどの強引さが嘘だったかのように、あっさりと身を翻《ひるがえ》して立ち去る。

「また……会いたい、なんて」

レイラは戸惑った。貴族の男性で、レイラにそんなことを言う人はもういなくなったはずだったから。

ちょっと心が揺れるレイラに、わっと周囲の令嬢達が集まって来る。

「レイラディーナ様、すごいわ！」

「あの方、ディアルス王国の公子だとおっしゃっていましたわ。レイラディーナ様ったら見初められたんですのね！」

「異国の方だから、婚約の話はご存じないみたいですし……狙い目ですわね」

「レイラディーナ様、あの方との仲を全面的に応援いたしますわ」

令嬢達に次々と押されて、レイラも確かに彼は狙い目なのかも……という気持ちになる。

他国なら、一貴族令嬢の噂《うわさ》などそう簡単に流れてこない。結婚した後に耳にしても、あとの祭りだ。

でも、彼はディアルス王国大使のために派遣されてきた人だ。大使のために情報も集めているだろうから、婚約解消の話もすぐに知るはず。次に顔を合わせた時には、素っ気ない態度になるだろう。

そう思うと、期待する気持ちがしぼんでいく。

やっぱり、自分は片想いをして過ごすのが一番だと思い直し、レイラは令嬢達に言った。

「いいえ、立候補したのですもの。すぐに言を覆《くつがえ》すような真似はしたくありませんわ。まずは、聖女になれるように努力したいと思うのです」

聖女を目指し続けると宣言しつつ、レイラはシンシアに聞かれていないかを気にした。けれど彼女はもう立ち去った後だったようだ。

「シンシア嬢なら大丈夫ですわ。きっと用事がおありなのよ」

令嬢の一人が話し出し、周囲がそれに乗る。

「用事って?」

「あの方、訓練後の時間に度々王宮からの使いと会っているのよ。贈り物を受け取ったりして……あれはルウェイン殿下からではないのかしら」

シンシアは、ルウェイン王子から贈り物をされているのか。花以外には何ももらえなかった自分のことを思い出してしまい、レイラは暗い気持ちになった。

「私なんて、ルウェイン殿下と会っているところを見たわ。二、三日おきに会いに来ていらっしゃるみたいよ？」

贈り物だけではなく、王子は頻繁《ひんぱん》にシンシアに会いに来ているのだという。

レイラとはもう関係のない人だ。けれど耳にすると自分との差を感じて、苦しくなる。早くこの話を打ち切りたくて、レイラは彼女達に言った。

「それより、昼食のお時間までの間、このお菓子を食べながらお茶でもいかが？」

令嬢達はすぐに同意してくれて、シンシアの話はそこで終わりになり、レイラはほっとしたのだった。


とはいえ話題の少ない神殿生活の中では、シンシアの話が出るのを避けられなかった。

なるべく彼女自身のことについて話を誘導し、ルウェイン王子の話をやんわりと避け続けたレイラは、昼食の前までにぐったりと疲れ果ててしまっていた。

けれど聖女候補達との昼食後、アージェスと二度目の食事の時間を過ごすと、レイラの気分は上向いた。

麗しいアージェスの顔を見つつ、美味《おい》しい料理を人目を気にせずたっぷりと食べられるのは、心が和《なご》む。

元気を取り戻したレイラは、午後からのアージェスの仕事について行くために立ち上がった。

ただこの日、アージェスにはいつもとは違う仕事があった。

「国王陛下とのお打ち合わせ、ですか」

「来週には隣のディアルス王国から大使がやってきますので。神殿への礼拝もありますし、歓待の宴《うたげ》に出席を求められているのです。その時は、聖女候補にも同席していただく予定になっていますよ」

説明を受けてレイラも納得する。けれど、王宮だ。国王と間近で顔を合わせるのは、まだ少し怖かった。どうしても婚約披露会の時のことを思い出してしまうからだ。

自然と暗い顔になっていたのだろうか、アージェスがレイラに言い添えた。

「……王宮を訪問するだけではなく、王国内の気候の状況などについても、聖霊の声を聞き取りながら国王と話します。レイラディーナ殿は同席できませんし、聖女候補としては見学しなくても問題はありません。お休みなさってもかまいませんよ」

「いいえ。できるだけ大神官様のお側で学ぶのが、私ども聖女候補の役目ですから、参ります」

レイラはそう返事をした。

行かないと言ったら、アージェスは理由を何も聞かずに免除してくれただろう。けれどその優しさに甘え過ぎてはいけないと思った。聖女になれば、何度も王宮を行き来することになる。そうしたらレイラが聖女だと知っている貴族達の、悪口を耳にするだろう。今から慣れておかなければ。

それに……アージェスに婚約を解消された娘だと、自分で説明するのが嫌だった。

食事後、レイラはアージェスと共に神殿の中へ行き、そこで神官長や他の神官二名と合流してから王宮へ向かった。

大神殿は王宮と壁を一つ隔てて隣接している。それでもお互いに広い庭を隔てているので、歩けば時間がかかる。そのためレイラ達は二台の馬車に分乗した。

神殿の西側にある石畳の道を、馬車はゆっくりと進んだ。やがて門の前に到着すると、控えていた神官衛士が二人がかりで重たく大きな扉を開く。

門を潜《くぐ》り抜けた馬車は、再びお茶を飲みきれるほどの時間をかけて、王宮の前に到着した。

馬車から降りて王宮の中へ入ると、レイラはどうしても肩に力が入ってしまった。

国王がいる場所まで行くとなると、王宮内をかなり歩くことになり、必然的に行き合う人の数も増える。彼らに自分がレイラディーナだとわかるのが、怖かったのだ。

案の定、回廊を歩いていると、王宮を訪問してきていた貴族の女性達が立ち話をしていた。

彼女達は、聖女候補がレイラだとは思わなかったようだ。アージェスが、神殿の外に出るからと頭から被《かぶ》る紗《しゃ》を貸してくれたおかげで、遠目には誤魔化せたからだろう。

けれど、アージェスに挨拶しようと、近づく貴族がいた。アージェスは立ち止まるしかなくなり、聖女候補の身で顔を覆い隠せるほど深く紗を被るわけにはいかないため、近づいた貴族はレイラがいることに気づいてしまった。

「おや、こちらはカルヴァート侯爵家のご令嬢では？」

その声を聞きつけた貴婦人達が、ひそひそと話し始めた。

「婚約を解消された方じゃありません？」

貴婦人達は多少は声をひそめてはいるけれど、静かな回廊は反響も素晴らしく、一言一句がレイラの耳に入る。

アージェスにも聞こえてしまっているだろう。

でも反論も、逃げることもできない。そんな真似をしたら、レイラを付き従えているアージェスの監督不足と見られ、彼の顔に泥を塗ることになる。

これは予想していた状況だし、慣れるしかないのだとレイラはぐっと唇を噛《か》みしめた。

「結婚できなくなったから、聖女に立候補されたのね。お気の毒」

「王子に捨てられた娘では、第二王子の派閥でも引き取りたがらないでしょうね」

けれど続く言葉に、胃が締め付けられるような気持ちになる。

早く通り過ぎたい。そのことだけで頭がいっぱいになったレイラは、再び進み出した神官に続いて歩き出したものの、つま先が床につっかかり足がもつれて転びそうになる。

「……！」

これ以上、人に笑われる状況を作りたくないのに、と泣きそうになったレイラだったが、そんな彼女を受け止める腕があった。

他人に触れられたことに、思わず息を飲んだレイラだったが、すぐにかけられた声に目を丸くする。

「大丈夫ですか、レイラディーナ殿」

(やだ大神官様じゃないのおおおお!?)

さすがに、他の神官だと思っていたのだ。今回は老齢の神官長だけではなく、儀式に関わるので中年の祭神官も随行していたから。

(二度目……大神官様の腕に抱きとめられるのは二度目……)

レイラは前後のことも忘れ、アージェスの腕の感覚を覚えておこうと必死になっていた。しかもうつむく体勢で邪魔になるのを避けるためか、紗を肩にかけるようにして少しずらしていたので、アージェスの顔が見える。

眼福な状況を堪能《たんのう》していて黙り込んだせいだろう、アージェスが怪訝《けげん》そうに尋ねてきた。

「レイラディーナ殿？」

「あ、あの。すみません、大神官様のお手を煩《わずら》わせるだなんて」

謝ったレイラを、アージェスが抱えるようにして立ち上がらせてくれる。

「気にしないで下さい。大事な聖女候補を守るのも、神殿の者としての義務ですから」

義務と言われて、レイラは寂しいのと同時にほっとする。必要とされているからこそ、守ってくれるのだから。

しかもアージェスに触れられたショックで、不安や怯《おび》えが飛んでしまった。気を取り直して歩き出そうとしたレイラは、もう陰口が聞こえないことを不思議に思い、ちらりとだけ振り返った。

回廊の途中で歓談していた貴婦人達は、ぽーっとした表情でこちらを見ていた。

……これは間違いない。アージェスの顔を見てしまったのだろう。

驚くほどの麗しさに、呆然《ぼうぜん》としてしまってレイラの話題を口にするどころではないのだろう。身を切るような真似をさせてしまったアージェスに、レイラは内心でひれ伏して感謝した。

そのまま歩き去ったレイラは知らなかった。貴婦人達がアージェスに助けられたレイラを羨ましがって、歯ぎしりしていたことを。

そうして貴族達の行き交う場所から離れたレイラは、今度は国王に会った時のことを心配し始めた。

考えた末に、念入りに紗を被ってみた。特徴的な赤味がかった髪の色を隠したかったのだ。

婚約解消したばかりだし、父侯爵が抗議をしたので、レイラのことは覚えているだろう。

ただレイラは国王とはほとんど顔を合わせていないし、父侯爵とは髪の色が違う。

上手く行けば、気づかれずに済むかもしれない。

レイラは心の中で祈りながら、入室したアージェスの後ろに立っていた。そのおかげなのか、国王と真正面から向き合わずに済んだ。

しかも聖女候補の見学だからとアージェスが説明し、レイラに自己紹介もさせなかったおかげで声も出さずに済んだ。さらに神官長が、国王とアージェスが打ち合わせる部屋とは別な控えの間にレイラを移動させてくれた。

誰もいない部屋で一人になってから、レイラは安堵《あんど》の息をつく。

この時間さえやりすごせば、後は神殿に戻るまでの道を我慢するだけでいいはずだ。

「我慢、我慢……」

と思ったところで、先ほど見たアージェスの顔を思い出す。

心配そうな表情は憂《うれ》いを帯びて、夕空のような物悲しい麗しさに満ちていた。紫の宝石のように美しい瞳が、自分だけに向けられていると思うと幸せ過ぎて、心臓が止まりそうだった。

「ずっと見つめていたい……そう思ってもできない切なさ……」

思い返して自分の肩を抱きしめた瞬間、ぐーとお腹が鳴った。

「………あら？」

昼食が足りなかったのだろうか。今日もアージェスに勧められるまま、かなり多めに食べたつもりだったのだが。パンやスープに主菜、とレイラは自分の食べた物を思い出して行く。

「今日はベリーのタルトが秀逸だったわ……。大神官様自らが取り分けてくださったせいで、感動し過ぎて甘さが薄かった気がしたけれど、おかげで一ホール食べきれたのよね」

アージェスはレイラがよく食べると褒めてくれる。

彼がとても嬉《うれ》しそうに『頑張りましたね』と言ってくれるので、レイラは勧められるがままに口にしてしまうのだ。

うふふと夢心地になる間も、レイラの空腹はどんどんひどくなっていく。

ガウンの内ポケットから、もしものためにと忍ばせていたお菓子を出して口にする。それでも足りない。

めまいがしてきた頃、ようやくアージェス達の話し合いが終わったようだ。

隣室のざわつきに気づいて立ち上がったレイラは、出てきたアージェスに付き従って神殿へ戻る道を歩き出す。

その合間に、アージェスがレイラを振り返ってくれた。

「遅くなりました。大丈夫でしたか?」

尋ねつつも、こちらの返事を待たずにアージェスは言った。

「顔色が良くないですね。急いで戻りましょう」

アージェス達はやや急ぎ足になってくれる。途中の回廊には、さっきのことを聞き知ったのか、少なくない人が一行を見ようと集まってきていた。でもレイラはめまいをこらえるのに必死で、誰の言葉も耳に入らなかった。

やがて王宮の外へ出た。

めまいで油断したせいだろうか。見るつもりがなかった聖霊の姿が、レイラの目に映る。

「と、鳥のバターソテー……」

鳥のような聖霊の姿に、思わず食べ物を連想してしまう。けれどだめだ、見てはいけない。レイラは視線をそらした。

その時、血の気が引く感覚に足が止まった。気づいた神官長達が声をかけようとし、振り返ったアージェスがレイラを心配して肩に触れる。

――その瞬間だった。

目の前に沢山《たくさん》の聖霊が飛び集まってきた。

「……!?」

「しまった！」

アージェスの焦《あせ》った声と共に、聖霊達の言葉が聞こえた。

《いつもよりおもいー》

《でもいっしょ？　おんなじ？》

《とにかくはうすー》

レイラは周囲の景色が歪《ゆが》んだと同時に浮遊感に襲われ、悲鳴を上げた。

騒げば王宮からも人が集まって来てしまうのに。そうしたら『カルヴァート家の令嬢が何かしでかした』と新しい噂の種になる、と焦ったレイラだったが。

一瞬後には、足がきちんと床を踏みしめていた。

薄暗い場所で、周囲がよく見えない。足下がおぼつかなくて倒れかけたレイラは、誰かに受け止められた。

優しいけれど力強い腕。背中に触れる暖かい手がしっかりとレイラの体を引き寄せて支えてくれる。

「怪我はありませんか？」

耳の側で聞こえる声に、レイラの心が甘くざわめいた。

「大神官……様？」

声が震える。今レイラはアージェスに抱えられているのだ。嬉しさのあまり、どんな顔をしていいかもわからない。

「すみません、私の事情に巻き込んでしまったようです……気をつけていたのですが」

「事情、ですか？」

「はい。少し待って下さいますか？　狭い場所なので」

狭いとはどういうことだろう。するとアージェスがレイラの体を後ろから抱える格好に変えた。そのおかげで、レイラもようやく周囲の様子がわかる。

「檻《おり》……？」

真鍮《しんちゅう》の柵にぐるりと囲まれている。檻は白い布で覆われていて、見上げればゆるくドーム状になった檻の天井まで布がかかっていた。高さはアージェスが立ち上がっても平気なほどだ。

中心にはアージェスの座る椅子があり、レイラはそんな彼の膝の上に座っていた。

足の踏み場が少ないのは、檻の内側に花が生けられた花瓶《かびん》がいくつも置いてあるのと、人が五人も立てばいっぱいになるほど檻が狭いせいだ。

レイラのつぶやきを聞いたアージェスが言う。

「檻というより、鳥かごですね」

「鳥かごですか？　どうして大神官様がそんな場所へ……。は、まさか大神官様を閉じ込めようなどという誰かの策略ですか!?」

そうでなければ、アージェスを鳥かご型の檻に入れる理由が思いつけない。するとアージェスが困ったように笑った。

「あなたは優しい人ですね、レイラディーナ殿。でも違うのですよ。そこの入り口がわかりますか？　出たらお菓子や果物があると思うので、それを食べて少しお待ち下さい」

言われて食べ物のことを想像したレイラは、お腹が鳴りそうになる。なので名残惜しさを振り切ってアージェスから離れ、目の前の柵の扉を開けてみた。

白い布をめくった先に見えたのは……アージェスの部屋だった。

そういえばアージェスの部屋には、白い布で覆われたものがあった。詮索《せんさく》するのは失礼だろうからと尋ねたりはしなかったのだけど、この鳥かごだったらしい。

どうしてアージェスの部屋に突然移動してしまったのか。わからないけれど、まずはお腹が鳴るのを防がなければならない。

早速、近くのテーブルにあった林檎《りんご》を齧《かじ》った。それからクッキーを数枚胃の中に収めたところで、アージェスが中から出てくる。

「ええと、お邪魔しております……」

他人の部屋に入ったので、レイラはとりあえず挨拶してみた。

「ようこそ……としか言いようがありませんね、これは」

ため息をついたアージェスは、被っていた紗を取り去る。窓が東と南側にしかないので、夕暮れ時の部屋の中はとても薄暗い。やんわりとした影に覆われるように、アージェスの姿も霞《かす》んで見えた。

「まずはレイラディーナ殿に謝らなければなりません。急にこちらへ移動してしまったのは、私のせいなのです」

「大神官様のせい、ですか？　でも意図せずに聖霊術が発動したようには見えましたが」

あの時、アージェスも驚いていたのを覚えている。予想外の出来事だったからに違いない。でも意図せずに自分の住まいに戻るというのも変だ。

「それは……」

言いにくそうにアージェスが言葉を濁す。

レイラはそこでハッとする。極秘の話かもしれないのに、それを追及したら、アージェスは自分に悪い印象を持つかもしれない。真実の解明より、彼の心証を優先したいレイラは、アージェスが答えようとするのを止めた。

「あの、良いのです。言いにくいことでしたら……」

「いいえ。貴女にはお話しすべきでしょう」

アージェスが心を決めたように、まっすぐにレイラの目を見る。

「レイラディーナ殿。あの瞬間移動は、強制的に発動してしまうものなのです。この鳥かごに帰って来るために」

「鳥かごに帰るため……」

鳥かごとアージェスが言っていたのは、さっき移動してしまった檻のことだ。

「不思議に思いませんでしたか？　大神官が神殿から離れた部屋に住んでいることを」

問われてレイラは「はい」と答える。

「何か事情がおありなのだろうと思っておりました」

「……移動の聖霊術をこの鳥かごと私にかけたのは、養父でもあった亡き前神官長です。私を守るためにそうしたのです」

「何からですか？」

「実は、神力をある一定量まで使いすぎると……倒れてしまうのです」

レイラは驚く。まさかアージェスまで自分と同じ状態になるとは思わなかったのだ。

「そのために、亡き養父が……私がどこで倒れても大丈夫なように、この術をかけたのです。神力がある一定まで減ると、予《あらかじ》め決めていた場所へ戻る術です。神官になってからは各地を回る仕事ばかりしていましたから、倒れたら拠点に戻れるこの術はとても便利で」

行き倒れる前に戻れるのだから、町や村の外にいる時には確かに便利だろう。

「そんなご事情があったのですね……」

「大神官に就任してからも、大神官が倒れるというのは外聞が悪いので、そのままにしているのです。それに私が若年《じゃくねん》で大神官に就任できたのは、強い聖霊術を使えるからなので、制限するわけにもいきませんので」

レイラは納得した。確かに大神官が度々倒れるというのは問題があるだろう。

「神殿としても、大神官の不在は避けたい事情もあります。特に王家に神殿が弱体化したと思われては、問題が出やすくなりますし。けれど一定の力量がなければ大神官にさせるわけにもいかず……ということで、私がこの座を埋めているのです」

王家と神殿の関係は複雑だ。

対等ではあるものの、王家にとって神官は国民でもある。また、神殿は独立組織ではあるけれど、国ごとに各大神殿が組織をまとめている関係上、なにかしら王家に配慮を求めなければならないことも多い。しかも神殿の運営に必要な寄進が最も多いのは、王家なのだ。

だからこそ王家は度々神殿を支配しようとする。特に弱っている状態の神殿なら、いつもより御しやすいと考えてしまうに違いない。

大神官をどうしても置きたいというのは、そういう事情によるものだろう。アージェスの欠点を隠したいのも、そのためだ。

アージェスは続けて、意外なことを口にした。

「けれど、レイラディーナ殿が側にいる時間が長いと、どうも神力の減り方が緩やかになるようなのです」

「え、本当ですか？」

「レイラディーナ殿は力の補充のために、とても沢山食べられますよね？　もしかすると、体の中に神力が上手く溜《た》まらず、周囲に漏《も》れてしまっているのではないでしょうか。それが……たぶんですが、側にいる私にも影響している、と考えています」

アージェスは、やや後ろめたそうに目をそらしたけれど、レイラの方は胸がドキドキしてきて、口元がにやけてしまいそうだった。

神力がアージェスに移動しているのなら、目に見えなくても自分と彼が繋《つな》がっている、という状態なのではないだろうか。

運命の糸で結ばれた二人みたい……と、幸せな気分になる。実際は悪魔と結ばれているのだが、幸福感に水を差すので忘れることにした。

「今までは、王宮で国王と会う時にも時間を制限していました。ただ何度も繰り返しては、不信感を抱かれてしまいます。何か対策をしなければと思っていたところに、レイラディーナ殿の影響としか思えない状況に気づいて……。今日も一緒に来ていただいたおかげで、国王との話が終わるまで中座して休む必要がなかったので、とても助かりました」

「あの、大神官様のお役に立てたのなら、私も嬉しいです！」

レイラは元気よく喜びの気持ちを口にした。

今ほど悪魔と契約していて良かったと思ったことはない。なにせアージェスの力になれたのだ。おかげで誰よりも近い場所にいられる上、アージェスの秘密まで知る立場になれた。

アージェスはレイラに笑顔を見せてくれる。

「ありがとうございます。それで……実はレイラディーナ殿に隠していたことがありまして。あなたの食べなければいけない状態を、私なら普通に戻せるのです」

レイラは息を飲んだ。

悪魔との契約の副作用みたいなこの状態を、元に戻せるというのだ。けれどアージェスの話には続きがあった。

「ただし、聖霊術は今より力が弱まるでしょう。今あなたは神力を取り入れるため、大きく口を開けた水瓶《みずがめ》を抱えている状態です。食べ物によって神力を吸収しながらも、蓋《ふた》がないので溢《あふ》れてしまっているのです。だからある程度蓋をすれば……」

「沢山食べなくても良くなって、けれど取り入れられないから使える聖霊術が弱くなる、ということですか？」

「そうです」

アージェスがうなずいた。

「どうなさいますか？」

レイラは迷った。アージェスの提案はとても魅力的だった。誰だって好きな相手に、大食いをしている様を見せたいものではない。

でも大食いだからこそ、アージェスの側に近づけたのだ。食事量が普通に戻ってしまったら、もうアージェスの部屋を訪問する必要もなくなる。

また、神力が溢れなくなれば、アージェスは再びいつ強制帰宅させられるかわからない状態を抱えて、仕事を続けなければならなくなるのだろう。

……正直、どれも嫌だった。

アージェスから離れたくない。彼の役に立ちたい。

もう一つ拒否すべき理由がある。解除された時に、悪魔との契約だったとわかっては困る。隠すためにもこのままにしておくべきだ。

「大神官様。このままにしていただけますか？」

「本当に宜しいのですか？」

心配そうな表情のアージェスに、レイラは力強くうなずいた。

「私、どうしても聖女になりたいのです。神殿としても、シンシア様が聖女になれば、王家の要望を受け入れる事態が増えますよね？　それは避けたいのではありませんか？　大神官様の秘密まで漏れやすくなるはず。私は、とても辛い時に優しくして下さった大神官様を守るためにも、お役に立ちたいのです」

「確かに、事情を知る方が聖女になって下さった方が嬉しいのですが……」

アージェスは渋る。もしかして、大食いになったことをレイラが気にしていたせいだろうか。

そう思って、彼女は胸を張って言った。

「問題はありませんわ。今日、王宮の中でお聞きになったと思いますが、婚約を解消された身ですので、結婚は望めませんし、それに聖女になれば、婚約を解消してきたルウェイン王子は、私に恭《うやうや》しく接しなくてはならないのです。自分を振った相手を見下ろしたいのです！」

淑女としては褒められた考え方ではないかもしれないけれど、レイラにも利益があるのだとわかれば、アージェスも後ろめたさを抱かずにいられると思ったのだが。

「……くくっ」

アージェスが思わずといったように笑い出す。

そんなにおかしいことを言っただろうか、とレイラは不安に思った。けれど、アージェスは笑顔のままだ。なので悪いことではないらしいとは思ったが、意味がわからず困惑する。そんなレイラに、アージェスは言った。

「ただでは起きないというその姿勢は、とても素敵だと思っていますよ」

それに、と付け加えた。

「私のためにそう言って下さって、とても嬉しいです」

微笑むアージェスの表情にレイラは魅入《みい》られてしまって、何も言えなくなってしまったのだった。

◇◇◇

少し休みますので、とアージェスはレイラディーナを帰した。

一人きりになった部屋の中で息をついたアージェスは、卓上にある花瓶に近づいた。

よく見ればやや乱雑に生けられている黄色に橙《だいだい》、そして薄緑の花に、アージェスは手を伸ばす。

一瞬後、アージェスの指が触れた花から順に、みるみる茶色く変色し、萎《しお》れていく。

萎れた茎が折れ、カサリと乾いた音を立てて卓上に落ちた。

この光景を見ていたら、レイラは思い出しただろう。

彼女が神殿へやって来た日、夜中に出会った悪魔のことを。

顔は万が一のために、聖霊の力を使って隠していた。声も聖霊に命じて、人の耳に違う高さに聞こえるように変えていた。

　アージェスがあの悪魔だったのだ。

　彼は無差別に周囲の植物から力を取り込んでしまう性質を持って、生まれた。

　おかげでアージェスを畑に連れて行けば作物が枯れ、山に連れて行けばじわじわと周囲の木々が枯死《こし》していく。体の中に力が足りなくなると、周囲の植物から無差別に力を吸収するからだ。

　気味悪がった本当の親は、アージェスを山を越えた土地に捨てた。

　そんなアージェスを拾ったのが、異常事態を知ってやってきた前神官長……アージェスの養父だった。

　しかし周囲の植物を枯らしていく力を知った人達に、その子供は悪魔だから殺せと迫られた。悩んだ前神官長を見て、アージェスは見よう見真似で聖霊術を使ってみせた。

　自分の生死については関心はなかったが、優しく食べ物を与えてくれた前神官長が、皆から責められないようにしたかったのだ。

　結果、アージェスは植物を枯らしながら神力を吸収するけれど、その膨大な神力を使って強い聖霊術を使えることがわかった。雨を止《や》ませ、火をも消し去ることができたアージェスは、神官となった。

　けれど特別扱いが必要だ。神力を使い過ぎると、周囲の植物を枯らしてしまう。そのため事情を知る神官達が、アージェスの悪魔のような力を、様々な手を使って隠してきたのだ。

前神官長が鳥かごにかけた聖霊術も、その一つだ。

「どうして……本当のことを言えなかったのか」

アージェスは自分の気持ちがよくわからず顔をしかめる。

強制帰宅したその瞬間は、話そうと覚悟していた。けれど小さな鳥かごの中で彼女を抱きとめた後、その温かさと、自分を全く怖がらずに安心していることを感じて……惜しいと思ってしまったのだ。

悪魔だとわかったら、彼女は自分を怖がって離れてしまうかもしれない、と。

物思いにふけっていると、建物の扉がノックされる音がした。

扉の鍵を開けられるのは、限られた人物だけだ。やがて部屋の中に入って来たのは、花束を抱えた神官長だった。

「大神官様の消費される花の量が少なくなっておりましたから……油断しておりましたな。……もう、事情はお話しになられたのですか？」

神官長は抱えていた花を一度卓上に置くと、枯れた花を持ってきていた袋に仕舞い、新しい花を花瓶に入れる。

「いいえ。神力が少なくなると、倒れるということにしました。聖霊が作ってしまった私と彼女の間の神力に関する経路についても、彼女の力が溢れてしまっている、とだけ」

「左様《さよう》ですか……。それなら、とりあえずレイラディィーナ殿にお食事を継続していただくことはできるのですね？」

「ええ。私が倒れないよう協力すると、彼女は言ってくれました」

アージェスはレイラが強い聖霊術を使えるよう、聖霊との繋がりを強くした。その時に、レイラと自分の間にも聖霊が経路を作ってしまって、今のような状態になったのだ。あの時『代わりに食べる』とレイラが発言したせいだろう。

そのためレイラが食べた分のうち、半分の神力はレイラの中に溜まるものの、後は全てアージェスに流れているようだ。おかげでアージェスは、神力の供給源をもう一つ得た状態になっている。

「宜しゅうございました。ディアルス王国の大使が来るにあたって、かなり長い間鳥かごを離れなくてはならないのです。王宮での宴の間、大神官様が中座されては大使の興味を引きかねませんし、花もどれだけの量が必要かと心配していたのです」

神官長が思い悩むのも仕方がない。アージェスはとにかく花を消費するのだ。食事よりも植物の方が効率は良いのだが、花も少量では済まない。

摂取のために中座ばかりしていては人の興味を引いてしまい、そこから秘密が漏れるのも避けたかった。

「そういえば花は、今何人態勢で量産しておりましたか？」

「事情を知る祭神官が指揮して、神官達十人の入れ替わりで大神官様用の庭を維持しています。他の仕事もありますから。一日に何度もとなれば、早晩倒れる者が出るかと。聖女候補達の聖霊術の訓練も花を育てることにしまして、それでなんとか補おうとしておりました」

ですから、と神官長が言う。

「おかげで、花を運ぶ回数を増やさずに済んでなによりです。他神殿から異動してきた神官が……特に女性神官までが、先々代聖女の作り話に飛びついてしまって」

神官長は涙ぐみ始めた。アージェスは頬がひきつるのを感じながら、相づちをうった。

「例の、私に神官長殿達が花を捧《ささ》げるお話……ですか」

「主にここへ花を運ぶ神官長補佐のコーレルと祭神官のマティスと私が、大神官様の気を引こうとしている話ですな」

「本当に、不思議なことを考えるものですね」

昔からエイリス王国の大神殿に仕えている神官や助神官は、元神官長の元にも花を運んでいたことを知っている。だからそういう慣習なのだと思っているが、他の神殿では神殿の長の元に花を運ぶことなどない。そこで不審に思った者が聖女の作り話を耳にして、信じてしまったのだろう。

「今度は花じゃないものにしましょうか？」

アージェスが後ろめたい気持ちになって提案すると、神官長が呆《あき》れた顔をした。

「まだ花の方が効率がいいでしょう。他の物だとあまりもちませんからな。噂については、そのうち皆と同じように、そういう慣習なのだと思うようになるでしょう。とにかく委細は理解しました」

神官長はまっすぐにアージェスを見つめ直す。

「大神官様は奈落から民人を守れる唯一のお方。前神官長ゲイル・クライン殿の薫陶《くんとう》を最も浴び、それを実践されてこられた。だからこそ我らは貴方を尊んでまいりました。なれど規範を踏み外し、万が一にもこの鳥かごの秘密が外部に知られることにでもなれば……我々は、貴方を討伐せねばならなくなるのです。そのことをお忘れなきよう」

「忘れてはいませんよ」

アージェスは微笑む。

「養父に拾われたからこそ、悪魔ではなく人として生きられるようになったのですから」

その言葉に神官長は安心したらしく、部屋を出て行く。

彼を見送ったアージェスは、独り言を漏らす。

「けれど実際は、人として生きているのでしょうか、私は……」

人らしい生活を送っている。地位も与えられた。でも秘密を抱えているために、家族という社会の小さな単位すら持つことはできない。知られれば、即座に神殿側に抹殺されるか、逃げても幼い頃のように悪魔としてさすらうしかなくなる。

そのことを考えると、誰かに優しく声をかけていても、かけられても、硝子《ガラス》の向こうの世界と交信をしているような気持ちになる。

夜中のそぞろ歩きは、そういった鬱屈《うっくつ》が溜まるとついやってしまうのだ。悪魔のような格好をしておけば、誰にも大神官アージェスだとはわからない。堂々と外で植物を枯らして神力を吸い取っても、見かけた人間は誰もが悪魔だと思うだけだ。

実際、レイラディーナはアージェスのことを悪魔だと思った。

なのに彼女は、自棄《やけ》になっていたとしても悪魔に悩みを口にして、会話をしようとしたのだ。自分の願いのためには恐怖すら克服していったレイラディーナが、無事に聖女になるのを見てみたい。

今のアージェスのひそかな楽しみのためにも、彼女を観察したいと思っていた。


外へ一歩足を踏み出したへイデン神官長は、待ち構えていた三人に囲まれ、アージェスの住まいから離れた場所へと連れて行かれた。

そのままこそこそと質問される。

「どうだったんじゃ？　何もかも話して……という感じではなさそうじゃの？　その表情からすると」

「お話しなさらなかったそうですよ。どうも土壇場で怖気《おじけ》づいたらしく」

ヘイデン神官長は同年代のコーレル神官長補佐に尋ねられて、肩を落とす。

「意気地がないですわね……。あれだけ右を向けと言われれば右を向きそうなほど心酔しているのに、信じられなかったというのですから」

壮年の女性神官長補佐が困ったという表情になる。

「前神官長殿待望の、大神官殿の嫁候補にと思っていたのですが……」

四人の中ではまだ若手の祭神官マティスの言葉に、その場の全員が一斉にため息をついた。

「死ぬ間際には、うちの子の嫁が見たかった……とおっしゃってましたしな」

「うちの子可愛い、とかうるさかったからのぅ……前神官長殿は」

「仕方ありませんよ。奥方が早世されて、お子様もいらっしゃらなかったのですもの。素直に後をついて来て、べったりと慕われたらたまらなかったのでしょう。……実際、天使のように可愛かったのですし」

頬に手を添えて言う女性神官長補佐に、ヘイデン神官長がうなずく。

「うちの子といい勝負でしたな」

「ヘイデン神官長も相変わらず親ばかですわね。でも、その可愛い盛りの子供にほだされない者達がおかしいのですよ。小さい体で、下働きも厭《いと》わないほど素直な子供に、悪魔が我々を謀《たばか》ろうとしているだけだ、などと……」

「当時の大神官様が、ほわんとした方だったおかげで助かりましたな。なんでしたか『奈落や災害が収まるなら、それでいいじゃないか』でしたか？」

「誠に、あの大神官様は良い方でした」

そのまま思い出話に花を咲かせてしまった一同だったが、ふとヘイデン神官長は思い出す。

「血の繋がりはなくとも親子は似るものですな。今大神官様がしていらっしゃるのも、前神官長と同じことですし……」

女性神官長補佐が「あら」と口元に手を当てる。

「では、大神官様は妹か娘のような気分でいらっしゃるの？」

驚きのあまり、その声が少し大きくなってしまったため、ヘイデン達にしーっと口元に人差し指を立ててたしなめられ、女性神官長は「私としたことが……」と頭を下げる。

「なんにせよ大神官殿の嫁取りの道は、遠そうですな」

「先代聖女のような問題が起きないためにも、早々に片付いて欲しかったのですが」

「何か考えないといけませんな」

ため息をついた四人は、それぞれの仕事へ赴くために神殿へ向かって歩き始めたのだった。


そんな彼らは気づかなかった。

四人の様子を離れた場所から観察していた人物のことを。

「毎日側で接していながら、まだ娘か妹のように思っていらっしゃる……と」

その人物は小さな声でつぶやくと、くくっと喉の奥で笑った。

「それなら、つけ入る隙《すき》があるかもしれませんね」

四章　接近のきっかけは不穏な空気

アージェスの住まいへ強制帰還させられた事件の後、レイラの食事内容が変化した。

「量を増やすか、質を改善するか迷ったので、両方を試してみました。火を加えない方が神力が多く残るようなのです」

という理由で、魚料理や肉料理の他に、花のサラダや食用の花をふんだんに使ったゼリーなどが増えた。

花弁の薄紅色や黄色などが美しく、食卓が前にも増して華やかだ。

こうしてレイラ達は、食事量と内容を変えつつ、アージェスの神力が最大でどれくらいの間保てるのかを調べた。

そもそもアージェスは、一日に何度も神力を使う。

まずは朝、神殿に害意を持つ者が侵入しないように聖霊に命じる。何も起こらなければいいが、神殿関係者や神殿を傷つける者が出ると、排除するのと引き換えにアージェスの神力がさらに消費される。

また、二日毎に王国内の状況を聖霊に尋ね、調べさせるという仕事がある。

奈落が発生していないかを確認するためだ。

奈落は、そこにいた生き物の命を奪い、聖霊さえ闇の中に飲み込む。半球状の形をした黒い靄《もや》で覆《おお》われた場所で、周囲の植物をも枯らしてしまう。

基本的には各地に散らばって活動する神官達が、情報を集めて神殿に送ってくるのだが、彼らが派遣されていない地域には王都か、近くの神殿の神官が目を光らせている。

ただ、距離がある場所の情報を聖霊に調べさせるのは大神官アージェスと、神官長達が協力して使う聖霊術でしかできない。むしろそれができる能力があるため、年若いアージェスが大神官になったのだ。

意外に神力を使うので、午後の礼拝を終える頃には枯渇《こかつ》して『強制帰宅』ということになってしまうらしい。

けれどレイラから神力が供給されてから、その時間は延びていた。

食事に花を増やすようになると、午後の礼拝の後に普通に部屋に帰ることもできるようになった。

おかげでレイラはアージェスと並んで大聖堂からの帰途につくことも多くなり、一緒に歩くという嬉しくてたまらない状況を堪能《たんのう》できるようになっていた。

その日も、レイラは今日もアージェスと並んで歩く自分を想像しながら、うきうきとアージェスの住まいへと向かっていた。

だが途中で人の話し声に立ち止まった。

「こんなことでは困るのですよ。聖女に選ばれなければ王子の妃《きさき》にはなれないのですよ」

「申し訳ありません……」

「謝罪いただくより、結果をお出し下さい」

「……はい」

「お返事は宜《よろ》しいようですが、別の令嬢に負けているそうですね？」

立ち聞きは良くないからと遠ざかろうとしたレイラだったが、声の主の片方がシンシアだと気づき、足を止めた。声のする方向を探してみると、どうもレイラがいる二階の回廊の下でシンシア達は話しているようだ。

下を覗《のぞ》いてみると、神殿の建物の壁際に二人の人物がいた。一人はどこかで見たことがある神官。もう一人はやっぱりシンシアだ。

「シンシア嬢が……叱責《しっせき》されてる？」

聞きかじった部分からも、続く言葉からもそうとしか思えない。

「あなたがするべきことは、聖女に選ばれること。でも、もし聖女に選ばれなければ……」

「待ってお願い！　必ず聖女に選ばれるようにがんばりますから！」

「でもあなたは、手加減ばかりしているのでは？」

「精いっぱい努力しております。だからお父様には……」

神官は聖女選定のために、シンシアにもっとがんばれと言っているらしい。王子の花嫁になるために、どうしても聖女に選ばれることが必要なようだ。

たぶんこの神官は、シンシアが王子妃にならなければ困る勢力の人物なのだろう。

二人の会話に、わざわざ自分が入ることはない。レイラはそう思っていた。婚約を解消された女が割って入ったら、笑われるだけだ。

「ではレイラディーナ嬢に負けているのはなぜですか？　神殿は王家に関わりがあるあなたを聖女にしたくないのですよ。婚約を解消されたような娘に勝てないなんて……」

でも自分のことが話題に出たあげく、とんでもなく失礼な言葉が聞こえたとたん、かっとなってつい体が動いてしまう。

「ちょっとお待ちなさい！」

レイラは二階から飛び降りた。聖霊術で、着地を緩やかにした上で。

よもやレイラがそんな登場の仕方をするわけがないと思ったのか、話題の主が現れると思わなかったのか、二人は目を丸くしてこちらに注目した。

レイラは内心でうろたえる。……無視されるよりはいいけれど、見つめられ過ぎるのもいたたまれない。が、今はそれを気にしている場合ではない。わざわざ飛び降りたのだから言いたいことを言わねば。

レイラは気合いを入れて、女性神官にびしっと指をさした。

「神聖な場所で、政治的な問題を持ち込むのを止めていただけない？　あなたそれでも神官なのかしら？　神殿に今のお話を伝えさせていただくわ。名前をおっしゃい」

「……れ、レイラディーナ嬢。いえ、私は何も、何も言っておりませんからっ！」

そう言うと、女性神官は脱兎《だっと》のごとく逃げ出した。……素早い。長々と言い訳せず、名乗らずに逃げたけれど、その方が得策だろう。

レイラの方も、勢いで真正面から喧嘩《けんか》を売ったことに怖くなって、足が震えそうになっていたので、逃げてくれて助かった。

しかしその場には、もう一人いた。

「レイラディーナ様……」

戸惑ったように名前を呼んだシンシアに、レイラは『あ、まずい』と思った。

女性神官を追い払った後のことを全く考えていなかった。しかもシンシアに、ばっちりと変なところを見られてしまっている。誰かに話されて変な噂《うわさ》が立ったら、聖女に選んでもらえなくなるかもしれない。

そもそもシンシアは、綺麗《きれい》な硝子《ガラス》細工の小箱を手にしている。さっきの神官が届けた物に違いない。

ということは贈り物をしてきた相手の小言を聞いていただけで、むしろ割って入ったレイラのことを、変な人だと思ったかもしれない。

動揺したレイラがじっとシンシアを見返していると、唐突にシンシアが一礼した。

「ありがとうございます、レイラディーナ様。お恥ずかしいところを見せてしまって……」

「い、いえ……」

お恥ずかしいところを見せてしまったのは、こちらですとも言いにくく、レイラは曖昧《あいまい》な相づちをうった。するとシンシアはさらに謝った。

「あと、申し訳ありません。ずっとレイラディーナ様に謝罪をしたいと思っておりました。私が殿下の婚約者の立場を奪うようなことになってしまったことを……。言い訳のしようもありませんが、許して下さらなくてもかまいません。ただ聞いていただければ幸いです」

婚約について謝罪されたレイラは、困惑した。

何も言われないのも……と思うが、シンシアと話をするつもりもなかった。だから正面から謝られると、どうしていいかわからない。

謝るという行為は、相手との関係を円滑にしたいと願ってするものだ。

だけどレイラは、シンシアと仲良くなりたいと思っていない。穏やかに遠ざけ合いたいと思っていたから。

なにせ一番会いたくないルウェイン王子の、最も側《そば》にいることになる人だ。本人が良い人だろうと関わりたくない。

それに聖女になれば、王子妃になった彼女も自分に頭を下げることになる。彼女に関してのもやもやした気持ちについては、それで溜飲《りゅういん》を下げて終わろうと思っていたのだ。

ただシンシアは真面目な人なのだろう。だからレイラに謝った。でもその真面目さが心に突き刺さって、レイラはつい尋ねてしまった。

「だったら、なぜあなたは聖女に立候補なさったの？」

「……ごめんなさい」

理由は言わないまま、シンシアは悲し気な表情でレイラに謝る。

それではこちらは納得できない。追及しようとしたレイラだったが、人の足音が聞こえた。

シンシアと一緒にいるところを見られるのは、どうも良くない気がする。なにせレイラは婚約を解消された敗残者。場所は人気《ひとけ》のない神殿の裏手。シンシアを呼び出していじめているみたいではないか。

「と、とにかくこれで失礼するわ！」

と小声で言って、レイラは急いで身を隠した。足音とは逆の方向。アージェスの住まいに近い方向の木立の中に。その上で、やってきたのが誰だったのかが気になって、やって来た相手を確認したのだけれど。

その人物は――エイリス王国第一王子、ルウェインだった。

黒髪と赤の瞳という彩りと秀麗な顔立ちに、レイラは一瞬だけ見とれそうになった。すぐに

我に返ることができたのは、アージェスのことを思い出したからだろう。アージェスがいなければ、まだその姿を未練がましく追ってしまったかもしれない。

ルウェインは穏やかな表情でシンシアに何かを話しかけていた。見つかりたくないので、声が聞こえないほど遠くに離れていたレイラだったが、よかったと思った。

ルウェインがシンシアを慰める言葉を聞いたら、辛《つら》くて仕方なかっただろう。遠くから見るだけでも十分に悔しいのだ。自分には冷たい態度しかとらなかったのに、と。

レイラは唇を噛《か》みながら、その場からもっと遠ざかった。

でも歩いている途中で、涙が目に浮かんでしまう。

「どうしよう、泣き顔なんて見せられない……」

アージェスを心配させてしまう。ひどいことをされたわけじゃないのに泣いただなんて、説明もできない。

「そうだ、聖霊……」

レイラは自分のハンカチを取り出してから、聖霊を集めた。

「お願い、冷たい水で濡《ぬ》らして欲しいの」

冷やせば、少しは目の腫《は》れが収まるはずだ。

念じてみたもののまだ頼み方が上手くないからか、羽ばたく聖霊からころりと氷がハンカチの上に落ちてきた。氷でも十分だと思ったレイラは、それで目元を冷やしていた。

「レイラディーナ殿？」

問いかけられて、レイラは飛び上がりそうなほど驚いた。振り向けばそこにいたのはアージェスだった。

「……最近、神殿に不審者が入ろうとすることが多いのです。警戒はしていますが、予定通りの時間にいらっしゃらないので、心配して迎えに来たのですが」

言いながら、アージェスはゆっくりとレイラに近づいてくる。そうしてまだ泣いたことがわかってしまう顔だったレイラを見て、心配そうに表情を曇らせた。

「誰かに、何か言われましたか？」

「い、いいえ。誰にも、何も……」

「では、何かを見てしまったんですね？　悲しくなるようなことを」

静かにアージェスは言った。悔しかったと言うのは恥ずかしくて、だけど心配させたくないレイラは、無言でうつむくことしかできない。

「あなたが泣く理由は、私にはルウェイン王子とシンシア殿のことしか思いつきません。そういうことでしょうか？」

レイラは唇を引き結ぶ。否定しないことで、アージェスはそれが正解だと察したようだ。

「泣かないで下さいレイラディーナ殿。近しい人が悲しんでいるのなら、手を尽くしたいのですが……。こと恋愛事に関しては私は遠い場所にいたので、どう言うべきなのかわからないのです。だから」

そう言ってアージェスは、レイラの頭を撫《な》でた。遠慮がちに触れる指先が優しく、髪の上を滑って行く。

「涙は、これで止まりますか？　泣いている人を慰めるという状況があまりなかったもので、礼拝にいらっしゃる方の真似で申し訳ありません」

謝られ、アージェスに撫でられるという状況に陶然《とうぜん》としかけたレイラは、慌《あわ》てた。

「あの、大神官様のお気持ちは伝わりました。恐縮です……」

「でも、上手くはないでしょう？　こうして撫でるというのも、実は聖霊や神殿に迷い込んで来た犬猫にしかしたことがなくて。養父にされたことはあるのですが」

それを聞いて、レイラはしゃがみこんで犬を撫でているアージェスを想像し、笑ってしまう。なのに涙が溢《あふ》れてきて、慌てて氷を落としてハンカチで押さえる。

「あの、すみません。泣くつもりはないんですけれど、どうしよう……」

止まったはずの涙が再び流れ出て、レイラも困惑する。せっかくアージェスが優しくしてくれているのに、これでは嫌がってるみたいだ。誤解されたくないので、レイラは必死に弁明した。

「大神官様に撫でていただけて嬉《うれ》しいです。と、とても心地良かったというか、ずっと撫でて欲しいというかっ」

でも言えば言うほど、これでは上手く伝わらないのではないかと不安になった。一方のアージェスも、どうにか泣き止ませたいと思ったのだろう。

「もう一つ、思い出しました。礼拝に来ていた子連れの親が、泣いている子供にしていた事を」

そう言った後、ハンカチを押さえる手を避けるように、柔らかな感触と温かな吐息が頬に触れる。

……指ではない、とはっきりとわかった。指はあんなに柔らかくない。触れたからって吐息なんて感じない。

ということは、と考えたレイラは、ただ一つの事象しか思い当たらなかった。

「どうですか。平気になりましたか?」

「え……あ……」

衝撃的すぎて、言葉が出て来ない。

アージェスが頬に、キスをしたのだから。

「礼拝に連れて来られた子供が、よくこうしてあやされていましたし、幼い頃は養父に何度かされたことがあったのですが。……子供扱いになってしまって、すみません」

アージェスの方は全く艶《つや》っぽいことなど感じなかったようで、そう言ってハンカチと一緒に手を下ろし、呆然《ぼうぜん》とするレイラを心配そうに見ていた。

レイラの方は、恋愛事としてとらえた自分が恥ずかしくなる。顔が熱くなって、どんな表情をしたら良いのかわからなかった。

なのにアージェスが「ああ、涙が止まりましたね」と微笑《ほほえ》んだので、誤魔化《ごまか》すように微笑み返してしまっていた。

頬へのキスを受けて、慌てたのはレイラだけなのだ。アージェスはただ、泣く子供をあやしたくらいにしか考えていないのだから。

「さ、食事を済ませてしまいましょう。次の予定がありますから」

そう言われて、レイラはアージェスの住まいへと急いだ。

◇◇◇

空に夜の帳《とばり》が下りている時間。

アージェスは大神官用の執務室で、神官長と向かい合うように椅子に座っていた。

「それで、不審者は？」

「身元の手掛かりになりそうなものについては、聖霊も黙秘してしまいまして」

答える神官長は渋い表情だ。

二人は最近、神殿に侵入者が多いことについて話していた。

今までは、侵入者といっても孤児が盗みに入るくらいのものだった。神殿内を聖霊が監視していることは知れ渡っているので、滅多なことはない。

けれど二週間ほど前からは、神官を脅《おど》すつもりの者、何かを盗む意図がある者、神官服を着た侵入者が急増していたのだ。

聖霊が侵入者を見つけ、アージェスや神官長達に報《しら》せを送って来るものの、まだ一度も捕まえることができていない。今日も聖霊に追いかけさせたが、成果は芳《かんば》しくなかったようだ。

そもそも聖霊が、捕まえることを止めてしまう。

「聖霊が庇《かば》ったり黙秘するということは……相手も聖霊術を使う者、ということですか」

でなければ、聖霊は拙《つたな》いながらも教えてくれる。

「間違いないでしょう。時折『かわいそうだ』と庇っている言葉をこぼす聖霊もいるので」

「かわいそう、ですか……」

聖霊がそう言うのなら、侵入者もしくは侵入を助けている術者は、誰かに脅されて行動しているのかもしれない。

「でも、そこまで聖霊を扱えるとしたら、他国の神殿が関わっているのでしょうか？」

「しかし神殿は独立した組織です。国同士の諍《いさか》いにも関与することはありませんから、一体何が目的なのか……」

「私のことについて感づいた、という理由ではありませんか？」

アージェスは悪魔と呼ばれても仕方ない状況を作り出し、エイリス王国の前神官長に捕らわれた身だ。事件から十数年経《た》っているものの、アージェスの体質が変わったわけではない。度々エイリス王国へやってくる他国の神殿関係者が、何か感づいた可能性もあると考えたのだ。

神官長は「大丈夫ですよ」と言う。

「大神官様の話そのものは、神官としての下積み時代に薄れて消えています。それに奈落に対する成果と、やや病弱な方だと周知しておりますので、今までも中座をして不審に思われたこともないはずです。どちらかというと、三日後には隣国ディアルスの大使が来ますから……そちらの方面のことかもしれませんね」

「ディアルスに対して隔意がある国で……神殿と結託している王家が、人を派遣していると？」

神殿は独自組織だが、一部では王家が神殿に強い影響力を持っている国もある。そうした国が他国へ侵略などを行う時に、神官を利用することもあるのだ。

基本的には、神殿ではそういった行為を神官達に厳しく禁じている。聖霊術を戦場で使わせないためだ。その気配があれば、アージェス達もエイリス王家に積極的に協力することになる。

しかし戦闘さえしなければ、と神官を間者のごとく利用する王家も存在する。

「ディアルスと他国の諍いに、巻き込まれた恐れがあるのかもしれませんね。……情報が少なすぎますが」

神官長の言葉にアージェスはうなずく。いつもなら聖霊から手掛かりを得て、裏をとって相手を捕まえるのだが、その手が使えないのは痛かった。

「どうにかして、一人でも捕まえたいものですが……」

つぶやきながら、アージェスはふと時計を見る。

そろそろ星の三刻だ。

同じように時計に目を向けた神官長がつぶやく。

「そろそろご帰宅の時間ですな」

夜も深まっている時間ではあるし、このくらいの時間には鳥かごへの帰還が発動するのだ。

「………………」

しかし、いつまで待ってもアージェスが鳥かごへ転移しない。

二人はしばらく無言のままでいたが、やはりその気配がなかった。

「……レイラディーナ殿で、何かお力についての新しい試みをされたのですか？」

神官長の問いはもっともなものだった。アージェスの生活について神官長が把握していないことといえば、アージェスがレイラといる時と、別々の仕事をしている時ぐらいだ。

今日一日、アージェスが余計に植物を枯らしていないのなら、まず考えられるのはレイラのことだろう。

そういえば、とアージェスも思い出す。

「今日は昼からずっと、鳥かごに戻っていませんね……」

「昼間、何か変わったことをレイラディーナ殿になさいませんでしたか？」

神官長に言われ、アージェスは考えた。

「レイラディーナ殿が泣いていましたね……」

「泣いたせいではありませんよね？　それとも驚いて木を一本枯らしましたか？　どうせ枯らすなら綺麗に、そこに何もなかったかのようにして下さいね」

神官長が微妙にずれた注意をしてくる。

「私も驚いたぐらいで、いちいち植物を枯らしませんよ。ただ泣き止ませる方法がわからなくて、礼拝に来る信者さんや養父にされたことを真似してみたぐらいですが……。その時、少しおかしいなとは感じました」

「何をなさったんです？」

「子供をあやす母親のように、なだめるために頬に口づけを」

答えたアージェスに、神官長は頭を抱えた。

「……大神官様、驚いて木を枯らすよりも、とんでもないことを婦女子になさったのでは」

「だめでしたか？」

そんなにひどいことをしただろうか、とアージェスは首をかしげた。

あの時は、ただ彼女を泣き止ませたかった。泣くレイラを見ていると、とても落ち着かない気持ちになったから。

そうして触れた滑らかな頬は、柔らかくてどこか子供のような印象で。壊しそうでそれ以上自分の指先でこするのをためらうほどだった。近づくと、どこか甘い香りがした。お菓子の香りだとしたら、自分が沢山《たくさん》与えたせいだったらいいと思いながら、レイラの頬に口づけたのだ。

その瞬間、少しだけ胸が締め付けられる感じがしたのは……亡くなった養父がしてくれたことを、心の中で重ねたせいだろうか。

思い返しているアージェスに、神官長が困り顔で尋ねてくる。

「だめ……かどうかは、レイラディーナ殿のお心次第としか。嫌がっていないようでしたか？」

拒絶する様子はなかったのでアージェスはうなずいた。神官長がほっと息をつく。

「ようございました。というか、それしか他にないのであれば、皮膚接触が問題だったのかもしれませぬ」

「皮膚接触」

反芻《はんすう》しながら、アージェスは眉をひそめた。今まで手を掴《つか》んだりしたこともあるが、問題は起きなかったはずだ。そんな疑問を察した神官長が、推測を口にする。

「レイラディーナ殿は『食べる』ことで、大神官様の代わりに神力を摂取しているわけです。そのために使う、口に近い場所への接触だったからでは、と」

神力をとりこむ入り口の近くに、アージェスが触れたからか。その意見に納得した。

「しかし大神官様、いくらなんでも嫁げる年齢の女性に、気安く口づけをなさるのはどうかと。レイラディーナ殿は子供ではないのですよ。先代聖女だったら、誤解されてそのまま大神官様が押し倒されていたかもしれませぬ」

　やや疲れた表情の神官長が「純粋培養しすぎたのでしょうか……。いや、むしろこのままにしておけば……」とつぶやくが、考え事をはじめていたアージェスの耳には届いていなかった。

　レイラに対しては、毎日食事を彼女に与えているせいなのか、動物を飼い慣らしているような気持ちになって……どうも年頃の女性だという気持ちが薄かったようだ。

　抱き上げても自分より小さくて、アージェスが嫌がる真似はすまいと、じっと距離をうかがいながらも一心に見つめてきて、どこか子犬に似ている。

「今後は、避けます」

「ですね。いくら良い方法とはいえ、ご令嬢にお願いできることではありませんから」

　結婚ができる年齢の女性なのだから、そう言うしかなかったとはいえ、アージェスはなぜか寂しい気持ちになったのだった。

◇◇◇

　それから三日後。

　神殿内の人々は朝から気もそぞろだった。

　今日は隣国の大使が来るのだ。

アディス神教は大陸で最も信仰されている。かつて世界の各地が奈落に覆われていた頃、アディス神教を興した聖者が奈落を浄化すると共に、教えを広めていったからだ。

各国の大神殿がある場所は、かつて奈落が存在した場所だと言われている。なので他国を訪れる貴族や王族などは、聖者への感謝の気持ちを忘れないよう、必ず大神殿に参詣《さんけい》する風習があるのだ。

今回やってきたディアルス王国の大使も、王宮へ向かう前に大神殿へ礼拝に訪れることになっている。

聖女候補達も見学のために参列することになっていた。

そのせいで、聖女候補達は昨日から落ち着かない。

これは仕方ないことだとレイラは思う。

大使は国王に指名された貴族だが、異国を見聞させるために貴族の子弟を連れて行くことが多い。ということは、他国の貴族と知り合う絶好の機会なのだ。

しかもエイリス王国内ではなかなか結婚が難しい女性でも、他国の貴族ならと一縷《いちる》の望みを抱くのも当然のことだった。

五日後に行われる、王宮の晩餐会《ばんさんかい》へ招待されていることもあって、今日のうちに確実に自分を印象付けようと、正装の他におしゃれをしてきている。

レースのベールを留めるピンを、いつもより高価な花飾りや宝石にしたり、入念に化粧をほどこしていた。ちょっとでも目を留めてもらうためだ。

「何も知らないうちが勝負ですわ……」

「なんとしても陥落《かんらく》させるのよ」

いつもは『レイラディーナ様には敵《かな》わないのですもの、聖女候補として静かに過ごします』という様子だったご令嬢達が、肉食獣のような笑みを浮かべている。

それを微笑ましく見ていたレイラだったが、一人の令嬢のつぶやきが耳に届いた。

「約束の口づけをいただくには、どうしたらいいかしら？」

レイラの肩がびくりと跳ね上がり、三日前の頬への口づけのことを思い出した。

優しく頬に伸ばされた手の感触は、羽が触れるように軽いもので。だけど感じた彼の吐息が熱くて……。

（大神官様ったら、大神官様ったら！）

恥ずかしさと嬉しさでレイラは暴れたくなる。それが落ち着くと、こんな嬉しいことが起きるのなら、ずっと子供扱いされていてもいい……とレイラはうっとりとした。

そうしているうちに、大使が礼拝に来る時間になった。

大聖堂へ移動したレイラ達は、祭壇近くの壁際に並んだ。

レイラはいつも通りに飾り気のない衣装のままだ。

アージェスの側《そば》に居続けるつもりなので、誰かに目を留めてもらう必要はないからだ。失礼な格好さえしていなければいい。さらに並ぶ場所も、端から三番目くらいの目立たなさそうな位置についた。

祭壇には、太陽の光と樹を意匠化した銀の像が置かれている。アディス神教は、世界に力を分け与えた神を太陽と樹の姿で現すのだ。

白い大理石で作られた祭壇は、硝子の天井から降り注ぐ光の中で明るく輝いている。樹を模した繊細ながらに人の背丈ほどもある燭台《しょくだい》には、火が灯《とも》された。

準備が整ったところでアージェスと神官長がやって来て、祭壇近くの腰までの高さの白い柵の前に立つ。

そして大聖堂の扉が開かれた。

ディアルス王国の大使一行が入って来る。先頭は、恰幅《かっぷく》のいい壮年の男性だ。ディアルス王国の紋が刺繍《ししゅう》された緑のマントを身に着けている。

そのすぐ後ろに、あの茶色い巻き毛の青年がいた。

「レイラディーナ様、あの方……」

隣の令嬢に言われて、レイラはうなずく。彼は以前、レイラを褒めてくれたディアルス王国の青年エドワードだ。

大使を先頭に進み出たディアルス王国の一行は、祭壇の前で膝をつき、それからアージェスによる祝福を受ける。

エドワードも、静かな表情でうつむいていた。左右の令嬢達は、エドワードやその後ろに並ぶ青年貴族達数人を熱心に見つめている。

そんな中、レイラは天窓から降り注ぐ光を浴びて立つ、アージェスにばかり目が引きつけられた。アージェスが錫杖《しゃくじょう》を振って生み出す光の粒を浴びている姿は、とても素敵だったし、錫杖を握る指にすら優雅さが漂っていた。

もちろん今日も紗《しゃ》の布で顔を隠している。だから誰もアージェスの美しさに気づくことはないけれど、中の顔を想像できるレイラは夢見心地になれた。

ディアルス王国の一団が神官達の聖句を復唱し、礼拝が終わった。

すぐに大使が進み出て、アージェスに挨拶《あいさつ》をする。

大使についてきた貴族達は、祝福の証《あかし》として渡す花を祭神官達から受け取り挨拶をしていった。その中の一人が、聖女候補達に近づいてくる。

上着のボタンホールに花を挿《さ》した、エドワードだ。陽だまりを思わせる穏やかな雰囲気の彼は、花を身に着けているのが良く似合っている。

エドワードは丁寧《ていねい》に一人一人と握手して挨拶しながら、従者に持たせてきていた菓子の入った小さな箱を渡していく。エドワードはもちろんエイリス王国の情報は把握していたようだ。

シンシアには深く一礼して「未来の王子妃殿下、お受け取り下さい」と少し大きな箱を渡した。

それを見ていたレイラは、少し胃が重くなる。

シンシアのことを知ったのなら、レイラの婚約解消のこともエドワードは耳にしたはずだ。前のように親しそうにはしてくれないだろうと覚悟していたのだが。

「レイラディーナ様、お久しぶりです。大聖堂にいらっしゃる姿も、毅然《きぜん》とした雰囲気でお美しい」

エドワードは全く変わらない様子で、レイラを賛美してくれた。

レイラはほっとする。知っていても、変わらずにいてくれることが嬉しかった。でも自分を傷つけないように、そう見せかけているだけかもしれない。

「ありがとうございます」

レイラは無難な対応をするべきだと考えて、微笑んでそう答えた。なのに、エドワードはやや不満げだ。

「もしかして、今の言葉を社交辞令だとお思いになりましたか？」

「エドワード様の優しいお気持ちは感じておりますわ」

するとエドワードが小箱を差し出したので受け取る。そのまま、エドワードがレイラの手を覆うように触れてきた。

「優しさだけではない気持ちも、汲《く》んで下さると嬉しいのですが」

「あの……手を……」

レイラは慌てた。ここは神殿だ。儀式が終わったとはいえ、神殿関係者と交流している公《おおやけ》の場でもある。

左右からの視線が気になるし、何より大使との話が終わったアージェスまで、こちらを見ているようなのだ。

アージェスに、はしたない女だと思われたくない。振りほどくわけにもいかない。困っている間にも、エドワードが半歩距離を詰めて迫ってきた。

「あなたにはもっと、僕の気持ちがわかるようなものを用意すべきでした。受け取って負担にならないものをと思いましたが、本当はあなたの側に、ずっと置いてもらえるものを選びたかったのですよ」

「あの、ええと」

レイラは断りの言葉が思い浮かばなかった。

少しだけ、断りたくないという気持ちがあったせいかもしれない。婚約を解消された身だから、今後は家族以外の異性から贈り物などされないと思っていたからだ。

でもレイラにも、普通の女の子らしく贈り物をされたいという欲があるのだ。そこをくすぐられると、拒否の気持ちが弱ってしまう。

レイラの戸惑いを察したエドワードが、何かを続けて言おうとした時だった。

「個人的な話をなさりたいのなら、大聖堂内から出てからにしていただきたい。神に祈る場にはふさわしくありませんよ」

固いアージェスの声は、エドワードを叱責する響きを含んでいた。

ここまで傍若無人《ぼうじゃくぶじん》な行動をとっていたエドワードも、大神官の言葉を無視するわけにはいかなかったのだろう。さっとレイラの手を離して、一歩下がった。

「では、また後で」とレイラにささやいて。

レイラは答えられずにいたが、その間にエドワードが残りの聖女候補に挨拶をし、ディアルス王国の大使一行は王宮へと向かった。

その間もレイラは、アージェスから感じる視線が怖いような気がして、どうしてもそちらを振り返ることができなかったのだった。


どうしてアージェスの視線が怖かったのか、レイラは部屋に戻ってから考え、その答えらしきものに思い当たる。

彼はいつでも優しくレイラを見守ってくれていた。そんなアージェスを、レイラは崇《あが》めるような気持ちで見ていた。

まるで神様と信者みたいな関係だ。

だからアージェスに怒られたことが、神様に見離されることのように恐ろしかったのだ。

ほんの少し注意されただけだとわかっている。でも大聖堂での不作法となれば、本当はアージェスも心底不愉快に思ったかもしれない。

もう会ってくれなくなるだろうか？　こんな娘の協力などもういらない、と思われてしまうのではないか……。

不安だったレイラは、翌日の聖霊術の訓練でさらに焦った。

シンシアが、今までになく沢山の花を咲かせていたからだ。

聖霊術でも負けたら、アージェスに失望されてしまうかもしれない。

『無理をしなくても良いのですよ』

と優しく言われながらも、アージェスはレイラに期待しなくなって……。聖霊術を増強している悪魔の術を解こうと、説得してくるのではないだろうか。

(そうなったら、役立たずの私から大神官様が遠ざかってしまうわ！)

冷汗《わ》が背中を伝う。

湧き出すようにまとわりつく聖霊にささやき、花壇の花を次々と咲かせていくシンシアに、レイラも負けまいとなりふり構わず力を使った。

しかしこの日は、シンシアもなかなか諦めなかった。レイラの様子を見ながら、一生懸命に花を咲かせていく。レイラはもっと諦めるわけにいかなくて、久々にお腹が鳴りそうになりながら聖霊達に花を咲かせた。

結果、レイラとシンシアはお互いに一つの花壇の花を全て咲かせた。そこで神官から制止されたのだった。

止められたことにほっとしたレイラは、とにかく部屋に戻って何か食べなくてはと、急いで部屋に戻ろうとしたのだけど。

「わぷっ」

ふいに突風が吹いて、裾で顔を覆った。

近くでは、既《すで》に花を刈《か》った花壇を整地していた助神官も顔を覆っていた。強い風で花壇の表土が飛んできたのだろう。

「今日はまた風が強くなったのね」

つぶやきながら、レイラは食べ物を求めて歩みを早め、部屋へ戻った。

そうしておやつを口にして一息ついたレイラの元に、神殿内の雑事を担っている助神官が訪ねて来た。

「私に、贈り物ですか？」

助神官が抱えていたのは花だ。

贈り主は、あのエドワードだという。やや暗めの色合いの赤い薔薇《ばら》の花束に、メッセージカードが添えられていた。レイラの髪の色に合わせてこの色を選んだと書いてある。

ふと、レイラはルウェイン王子から贈られた花のことを思い出す。

青いひらひらとした花弁が幾重にも重なった、豪奢《ごうしゃ》な花だった。でもレイラに似合う花ではなかった。

煉瓦《れんが》色に近い赤味がかったレイラの髪は、青い大輪の花だけを飾ったら滑稽《こっけい》になる。

洗練されたものを目にしている王子なら、レイラを見ればすぐにそのことはわかるはずだ。

だから……王子はろくにレイラのことを見てはいなかったのだろう。後から誰かに目の色が青だったと聞いて、適当に選んだのかもしれない。

でもエドワードがくれた色の薔薇なら、神殿内で髪に飾っても華美になり過ぎず、レイラに大人びた雰囲気を与えてくれる。レイラのことをわかった上で、選んでくれたことが感じられた。

「私のこと、本当に気に入って下さったのかしら……」

ルウェイン王子に婚約解消されたことを知った上で、レイラを賛美してくれたエドワード。

彼なら、このままレイラと結婚してくれるのではないだろうか？

外国で暮らすことになってしまうから、父とは離れなければいけないが、念願の普通の結婚ができる。

だけどそのことを思うと、やっぱりアージェスの面影が頭に浮かぶ。

優しい微笑み。気遣う言葉。たぶんこのまま結婚したって、一生アージェスのことを思い出し続けるだろう。それでは望んでくれるエドワードにも申し訳ない。

不誠実な結婚に逃げずに、レイラを助けてくれたアージェスが、安心して生活できるように支えることに集中しなくては。

「私は大神官様をお助けするって決めたんだもの。……まだ嫌がられていなければ、だけど」

つぶやくと、一人きりの部屋の中に声が吸い込まれるように消えて行って、戻ってきた静けさに寂しさを感じてしまう。

もしアージェスが自分を見離したら、側にはいられなくなる。どれくらい昨日のことを不快に思っているかわからないけれど、謝るしかない。

時間になったので、レイラはもそもそとアージェスの住まいへと向かう。

いつもより足取りが重い。けれど鬱々《うつうつ》としている間にも、通い慣れたその道の先へたどり着いてしまった。

扉を叩《たた》くのが怖かったが、思いきって腕を上げたところで、扉の方が先に開いてしまった。

「いらっしゃいレイラディーナ殿。さ、中へ入って」

「わ、はい！」

言われるままに入ったレイラは、アージェスの顔をこそこそとうかがう。

……いつも通りだ。うっとりするほど優しそうに微笑んでいて、全く怒っている様子はない。

けれど表情に出さない人なのかもしれない。

だからレイラは、食卓へ着く前にアージェスに頭を下げた。

「あの、すみません大神官様！」

「はい?」

「昨日、大聖堂で大使のお連れの方と私語を……。失礼なことをしてしまって、申し訳なく思っておりました。謝罪いたします」

一気にそこまで言った上で、レイラは恐る恐るアージェスの様子をうかがった。彼は予想外のことに呆然としているように見えた。それも少しの間のことで、すぐに元の穏やかな表情に戻ってレイラに頭を上げるように言う。

「怒ってはいませんよ。むしろあなたが困っていないか、心配していました」

「私ですか?」

「大聖堂で女性に言い寄るのは、さすがに不作法でしたからね。私はディアルス王国の男性の方を注意したつもりだったのですが、誤解させてしまった私を許して下さい」

「そんな、私が許すだなんてめっそうもございません!」

むしろアージェスに謝られて、レイラは慌てた。

「私が、上手くかわせなかったのがいけなかったのです。どうぞ気になさらないで下さい大神官様。あの、食事させていただきますね!」

誤魔化すために食卓についたレイラは、食事前の祈りを短く捧げて食べ始めた。アージェスはいつものように隣に座って、色々と勧めてくる。

「これは神官長に頼んで取り寄せてもらった砂糖漬けですよ。いかがですか?」

　そう言って砂糖漬けにされた花弁を摘《つ》まみ、レイラの口元に運ぼうとする。

「あの、自分でとりますので、申し訳な……」

「気にしないで。さあ口を開けて下さい」

　譲ってもらえないことを察して、渋々開けた口に、アージェスは花弁を指先で押し込んで来る。とにかく食べたレイラは、その上品な甘さに自然と頬が緩むのを感じた。

「甘くて美味《おい》しいです」

「喜んでいただけて良かった。ではもう一つ」

　あれよあれよという間に、また砂糖漬けが口に運ばれてしまう。食べざるを得ない状態に慌てるレイラの耳に、アージェスが「ちゃんと管理しなくては」とつぶやく声が聞こえた気がした。

　何の話だろうとアージェスを見たが、それまでと変わらない笑みを浮かべている。

　とりあえず彼は、昨日のことを怒っていないようだ。

　ほっとしたレイラだったが、自分の部屋に戻って飾ったままだった赤い薔薇を見ると、不安な気持ちになる。

　今回は大丈夫だった。けれど今後はどうだろう？

　レイラは、大神官らしくしているアージェスの姿しか知らない。彼がどんな行動をする人を好み、どんな言動を嫌がる人なのかを、レイラはそれほど良く知らないのだ。

「きっと欲張りになったのね……」

毎日顔を合わせて、優しくされて、だからもっと近しくなれるのではないかと望んでしまった。

初心に戻らなくてはいけないと思う。でも決して振り返ってはくれなくても、アージェスを遠くから見つめ続ける気持ちに戻ることは、辛い。

そのせいで、自分のことを知っていても赤い薔薇をくれたエドワードのことが、命綱みたいに思えてしまって。

花を返すことも、贈り物を断る手紙を書くこともできなかったのだった。

◇◇◇

選定の日が迫って来ると思うと、シンシアは胃の辺りが重く感じるようになっていた。

レイラに決定的な差をつけることができずにいるからだ。

「このままでは……」

シンシアは唇を噛みしめる。

大変なことになってしまう、と思う。

「どうしよう、どうしたらいいの」

心の中でつぶやき続けていたけれど、朝食後に聖霊術の訓練へ行く途中、呼び止めて来た助神官に小さな箱を渡された。

「あの方から伝言です。計画通りに進めるため、励むようにと。あと、今度は西日の刻に来る者を助けるようにと」

シンシアはぐっと息を詰めた。

何事もなかったように再び歩き出しながら、手の中に握りしめたものを見る。

片手で握れるような小さな箱。人目のない場所へと移動して開けば、中には小指の先ほどの大きさの、真珠のような球が入っていた。

柔らかくて、押せば潰れてしまいそうなのに弾力がある。

一粒摘まんで飲み込むと、胃の中から体中に冷たい空気が溶け込んで行くように、何かが満ちて行く。皮膚がぴりぴりして、内側から何かが溢れそうになるほどに。

握りしめていた手の上に、小さな白い聖霊が湧き出した。つぶらな黒い瞳は、他の聖霊と違ってどこも映していないような、茫洋《ぼうよう》とした印象だ。

虚《うつ》ろな聖霊の気配に驚いてか、周囲の聖霊がざわめき出して飛び回り、強い風を吹かせてシンシアの金の髪を舞い上げた。

聖霊を見つめて、シンシアは涙をこらえて言った。

「ごめんね……」

聖霊を連れたまま、シンシアは花を咲かせるために花壇へ近づく。

体の中に巡る力を表に解放するように手に集めると、周囲から聖霊が集まると共に、分裂するように二倍に増えて花々へと散っていく。

次々に咲く黄色の花。それを見てほっとするのもつかの間。隣の花壇にいたレイラが、鬼気迫る表情で花を咲かせようと聖霊を呼び寄せる。

彼女は聖霊に力を分け与えるのが上手いのだろうか。レイラの側にやってくると聖霊がふっくらとした姿になり、元気いっぱいに花壇へ突撃していく。

花壇の上をいそいそと移動するレイラの聖霊達を見ながら、シンシアは叫びたかった。「お願い、私に負けて」と。

けれどレイラは、予想以上の勢いで青い花を咲かせていく。

結局、彼女とほぼ同等という結果になってしまった。

シンシアは途方に暮れてしまう。

ここで一気にレイラに圧倒的な差をつけておけば、選定が聖霊術で行われなくなっただろう。けれど拮抗《きっこう》してしまった以上、選定の判断は聖霊術でということになるはず。

万が一にもシンシアが負けてしまったら、彼女が危険に晒《さら》されてしまうのだ。

でも、と思う。

いっそ負けてしまいたい。そうして何もかも誰かに話して、救ってもらえたら。

そんな風に追い詰められたシンシアの元に、助神官が手紙を運んできた。

名前を見れば、それはシンシアが最も信じられそうな人からのものだった。待ち合わせ場所を確認したシンシアは、全てを打ち明けようと決意しながら、神殿の庭へ急いだ。

王宮への連絡門に近い場所。その一角にある噴水の側で彼は待っていた。

「殿下」

呼びかければ、噴水の傍に立っていたルウェイン王子がシンシアの方を向く。

夕暮れの光よりも深く暗い赤色の瞳が、シンシアをとらえた。……けれど、いつもなら優し気に眇《すが》められるはずのその瞳は、今日に限っては静かにシンシアを見つめるだけだ。

シンシアは、変化に戸惑って言葉を飲み込む。

何かあったのだろうか。そう思っていると、ルウェインの方が口を開いた。

「今日、聖女選定について報告を聞いた。選定は聖霊術で行うと決定したようだ。君と競《せ》り合う実力を持つ令嬢がいるので、と」

やはりそうなってしまったかと、シンシアは胃が重くなる。

ルウェインの言葉は続く。

「カルヴァート侯爵家には圧力がかけられない。あちらには、君と婚約するために約束を反故《ほご》にした負い目もある。一応やんわりと圧力をかけたようだが、侯爵には『早くご結婚できた方が良いでしょう』とかわされたそうだ」

それはそうだろう、とシンシアも思う。カルヴァート侯爵にしてみれば、娘の婚約と一緒に将来の結婚も潰されたのだ。愛娘《まなむすめ》が望む聖女の地位まで、譲ってやる必要はないと思ったのだろう。

「それ以上つつけば、君の出自についてもカルヴァート侯爵に暴かれて、この婚約どころか俺の評判まで落ちかねない。だから引いたんだ」

ふっとルウェインがため息をついた。

「君が養女だとわかっていれば……」

落胆したことがありありとわかる口調に、シンシアはびくりと肩を震わせた。

「なぜ最初に言わなかったんだ。伯爵の亡くなった娘によく似ているからと、引き取られた娘だとわかっていたら……婚約などしなかったんだが」

「え……」

最後の言葉に、シンシアは顔を上げてルウェインの顔を見る。

嘘だと思いたかった。

婚約の話が来て、挨拶のために王宮へ行った時、ルウェインはシンシアのことを見てから「領地を救ったという女性が、こんなに可憐《かれん》な人だとは思わなかった」と言ってくれた。その後もシンシア自身のことを気に入ってくれたように振る舞い、王宮に行けば庭を案内し、優しく手を繋いでくれたのに。

だから婚約そのものは聖霊術の能力がきっかけでも、ルウェインは自分を好きになってくれたとシンシアは信じていた。それにシンシアが養女だとわかっても、今までは『君なら大丈夫』だと励ましてくれていたのに。

シンシアがショックを受けている様子を隠せずにいても、ルウェインは話を続ける。

「君の聖霊術には期待していたんだ。王家が神殿に頼らなくとも済むようになれば、と思ったからだ。それはわかっているだろう？」

確かに国王にはそう言われた。もっと柔らかい表現だったけれど。

「しかし実際には評判ほどではなかったんだな。婚約を解消した女に負けるとは……。特に容姿も秀でていたわけじゃないが、身分と領地の豊かさから、俺の後押しをさせるのにちょうどいい家の娘だとしか思っていなかったが、聖霊術の素質があったとは」

レイラのことまで悪しざまに言うのを聞いて、シンシアの心が凍り付きそうになる。

彼女に対してこんな言い方をするくらいだ。シンシアと婚約を解消したら、何と罵《ののし》るのだろう。

淡い気持ちを抱いていた分だけ、シンシアは落胆した。頼りたかったからこそ衝撃は強かったし、もう誰も助けてくれる人はいないのだとわかった。

絶望したシンシアの肩から、ぽろりと一羽の聖霊がこぼれ落ちるように地面に着地する。灰色に体が染まった聖霊は、嘴《くちばし》をカチカチと鳴らし、突風をまき散らしながら飛び去った。

聖霊が見えないルウェインは、強い風が吹いたのだと思って顔を庇う。

「しかし既に婚約を発表した後だ。こちらも続けて解消はしたくない。……だからシンシア、カルヴァート侯爵令嬢が選定で選ばれないよう、まずはあの大神官から遠ざける。身近に接していてはひいきされてしまうかもしれないからな。決して邪魔をしないように」

一方的に言うと、ルウェインはシンシアの返事も聞かずに立ち去った。

強くなる風の中で、シンシアは立ち尽くす。何もかもがシンシアの予想を超えて動いて行くことに、心がついていかない。

このままではレイラが聖女になれなくなる。でも彼女が聖女にならなければ、安全が保障されるはずだ。

「せめて、レイラディーナ様とお父様だけでも……」

自分のせいで辛い思いをしたレイラだけでも、安全に過ごさせたい。そうとなれば、突き進むしかない。

けれど懸念はある。

「大神官様に、気づかれてしまうのではないかしら」

エイリス王国の神殿で、史上最も強い聖霊術を扱える人だ。彼がいるため、シンシア達は思うように動けない。

一方でシンシアは、聖女に就任したらアージェスに打ち明けるつもりだった。シンシアの抱える問題を密《ひそ》かに取り除き、養父を守ってくれるのは神殿だけだ。けれどアージェスは決まった人間以外は側に寄せ付けない。例外はレイラぐらいだ。

今すぐ話せないだろうか。

けれど接触する方法がない。悩むシンシアに、声をかける人物がいた。

「露見を避ける方法は、考えておりますよ」

シンシアは、近くから聞こえた声に驚いて周囲を見回す。

いつからそこにいたのか、木の陰に灰色のローブを被った人物がいた。おそらく隠れている姿が目立たないように、服の上からローブを着ていたのだろうけれど。

ローブの下に着ているのは助神官の服だが、顔を見たことがある人物だった。

「ルウェイン殿下が邪魔者を遠ざけてくれるのなら幸いです。あなたの前途を阻《はば》んでいる令嬢が動けなくなるよう、こちらも行動します」

ローブの人物はシンシアに近づくと、ささやくような声で言う。

「あの、決して傷つけないで下さい。彼女はそもそも私達には何の関わりも……」

「それなりに穏便な手は考えておりますよ。あなたは僕たちの要望を叶《かな》え、無事王子の婚約者になったのです。ご褒美としてなるべく要望を聞き届けるつもりですから」

「はい……」

シンシアはうつむいて、唇を噛みしめる。

彼らに従わなければ、養父が殺されてしまうかもしれない。人の良い養父なら、善良そうなふりをして近づいてくる相手を警戒などできない。そして監視され続けている身のシンシアは、周囲の人間に危機を知らせることもできなかった。その人が、消されてしまうかもしれないから。

「彼女をディアルス王国に呼ぶという方法も、魅力的ですしね。力を増強したあなたと互角以上の能力を持つ女性だ。僕達もできる限りの努力はしますよ」

相手の茶色の髪が、フードからこぼれて風に揺れる。

シンシアは彼に、黙ってうなずくことしかできなかった。

そんなシンシアの肩から、またむくりと一羽の聖霊が湧き出した。

《カワイソウ》

灰色の聖霊はそう言ってぽろりと片目から涙をこぼすと、突風と同化して飛び去ったのだった。

◇◇◇

次の日も、エドワードからレイラに花が届いた。

白と薄紅の星のように小さな花をつけた花だ。

――あなたの気持ちが僕に向くことを願って。

添えられたカードにはそう書かれていた。

エドワードがこの色の花を選んだのは、レイラが一度婚約を解消された身だと知っているからだろう。白は初めて結婚をする女性が身にまとう色。薄紅は稀《まれ》にある二度目の結婚をする人が着るドレスの色だ。

他の人が何も言わずに送ってきたのなら、レイラは怒ったかもしれない。婚約を解消されたレイラを揶揄《やゆ》したものだと感じるだろうから。

けれどエドワードは、わかった上で自分を振り返って欲しいと表現しているのだ。表向きには一度目の婚約だけれど、実際は二度目の婚約だとわかっている。それでもレイラと婚約したいのだと。

レイラが薔薇の花に対して、何も返事をしなかったせいだろう。婚約を解消したことをレイラが後ろめたく思っていると考えて、心配しなくていいと伝えてくれたのかもしれない。

正直、とても嬉しかった。

婚約内定を解消されて以来、レイラに恋心を示してくれた異性はエドワードだけだ。アージェスは、レイラに結婚のことについて尋ねたこともない。そもそもレイラのことを好きかどうかもわからない。

そう考えると、心が揺らぐ。

アージェスを助けたいと思う。レイラを助けてくれた人だから。でも一生振り返ってくれない人を想い続けるよりは、結婚すべきなのだろうかと考えてしまう。

だってレイラは、他の人と同じように普通の結婚に憧れていたのだ。

今までは誰も結婚なんてしてくれないと思ったから、片想いでいいと思っていた。でもこうして実際にレイラを望んでくれる人が現れてしまうと、普通が欲しくなってしまう。

「三年……一年でもいい。待っていて下さるかしら」

聖女になって、ある程度アージェスを手伝った上でなら、とレイラは考えてしまう。離れる時には、聖霊に命じてレイラにアージェスの秘密を口外しないように術をかけてもらえれば、聖女を降りられるのでは、と。

「いいえだめよ」

レイラは首を横に振る。

こんな気持ちで結婚してもエドワードに申し訳ないことになる。彼の貴重な時間を、レイラが奪うわけにはいかない。優しい彼ならすぐに良い人が見つかるだろう。

断りの手紙を書かなければ。

でも決心がつかないまま、レイラはいつも通りの時間を過ごす。

昼食をアージェスと共にして、仕事に付き添い、最後にアージェスに付き従って大聖堂へ赴いた。

今日は安息日でもないのに、多くの人が詰めかけていた。

理由を考えたレイラは、風が強い日が続いているからだ、と気づく。天候に異常が現れ始めているのではないかと、市井《しせい》の人々も不安になったのだろう。

なにげなく参列席を見ていたレイラだったが、途中で思いがけない人の姿を見て頬がこわばった。

大聖堂の最前列は、貴族達が座る席になっている。そこに、黒髪の青年の姿があった。

――ルウェイン王子だ。

やや陰のある表情に見とれたのか、離れた場所に座っている商家の娘達が頬を染めながらルウェインを見ている。

レイラは先日のシンシアとの逢瀬《おうせ》の光景を思い出して、唇を噛んだ。

今まで大聖堂の礼拝に顔を出さなかったルウェインが、なぜ現れたのだろう。

不安に思っていたが、ルウェインは祈りの時間をじっと瞑目《めいもく》して過ごしていた。シンシアに会う前にと、気が向いて大聖堂に来たのかもしれない。

祈りの時間が終わった後、レイラ達は大聖堂の近くの控えの間に入った。

最近、アージェスは控えの間で休んでから部屋に戻るようになっていた。強制帰宅まで時間の余裕ができるようになったことと、こうしてお茶をしている間に強制帰宅するのであれば、廊下ですれ違う相手をぎょっとさせることが少なくなるからだ。

また、レイラに食べ溜めさせるためでもある。

そこにルウェインがやってきた。

「邪魔をする。大神官殿にお目通り願いたい」

ノックもそこそこに入室したルウェインに、最初に非難の声を上げたのは同席していた神官長だった。

「失礼ですぞ！　王族と言えど、神殿内ではこちらの指示に従っていただきたい」

声を荒げる神官長の様子や、ルウェインの睨《にら》むような視線が怖くて、レイラは思わず身をすくめてしまう。

そんなレイラを隠すかのように、アージェスが立ち上がって前に進み出た。

「私に、どういった用があっていらしたのですか？」

自らそう申し出るアージェスに、けれどルウェインはややぽかんとした表情になる。

「あなたが……大神官殿、ですか？」

一瞬、どうして疑うようなことを言うのかとレイラは首をかしげたが、そういえばいつもアージェスは紗の布を被っていたのだ。王族ですら一度も顔を見たことがなかったのだろう。

アージェスは、ルウェインが戸惑っているうちに部屋の外へ追い出そうとした。

「要望がおありなのだとしても、手順は踏んでいただきたいですね。別室を用意させますから、そちらでお待ち下さい」

そう言ってアージェスが神官長に目配せしたが、

「すぐ終わります。一言抗議させていただきたいだけですので」

「抗議？」

問い返す声に答えることなく、ルウェインは一息に言った。

「大神官殿が、一人の聖女候補だけをひいきしておられると聞きました。改善をお願いしたい」

ひいき、と聞いてレイラはうつむく。

自分のことだとわかってしまった。なにせ普通に仕事の見学について歩くだけではない。アージェスは食事やお茶の時間にと、レイラにかなりの時間を割《さ》いている。

大神官の部屋に今まで以上の量のお菓子などを運んでいれば、周囲にもわかってしまうだろう。レイラと過ごすためだと。それが王族にまで伝わってしまったに違いない。

「預かった聖女候補に、必要な措置《そち》をとっているだけですよ」

アージェスは淡々と返したが、ルウェインは引かなかった。

「でも、あなたも人間だ。特定の若い女性一人だけを側に置き、歓談の時間まで設けているとなれば、その令嬢に対して良くない噂が立つ可能性を考えなかったのですか？」

そこまで言ってから、ルウェインは鼻で笑った。

「たとえば、結婚できなくなった令嬢が、大神官様を誘惑しようとしている……など」

ルウェインが睨むような目で、一瞬レイラを見た。

ぐ、とレイラは奥歯をくいしばった。

目に涙が浮かびそうだ。けれどこらえられたのは、アージェスが厳しい声でルウェインに注意したからだ。

「殿下、その言い方は失礼過ぎますよ」

「確かに言い過ぎました。謝罪いたします。が、そう噂される恐れがあると言いたいのです」

……言葉ではそう言うが、絶対にレイラのことを案じて言ったわけがない。シンシアが大神官付ではないことが不満で、弱点を探してあげつらっただけだろう。同時に、レイラに自分から引けと圧力をかけているのだ。

普通なら、より高位の神官付になれた方が、選考で優位になれると考えてしまうから。

貴族社会ならば、だけど。

しかしこのままでは、アージェスに迷惑がかかってしまう。

「大神官様……」

言いかけたが、アージェスは小さく手を振って見せることで、黙るようにレイラに示してきた。目立てば、彼女にルウェインの矛先が向くと心配したのだろう。

従いながらも、レイラは後悔した。

言っておけば良かったのだ。自分の名誉なんてどうでもいいのだと。どうせ結婚などできない身なのだし、貴族社会で悪評が立ったところで痛くもかゆくもない。

本当に言いふらされたら、エドワードには完全に見離されるかもしれないけれど、それは諦めがつくことだ。アージェスに迷惑をかけるくらいなら……とレイラはうつむく。

数秒黙ったアージェスは、小さく息をついて言った。

「そういうことならば考慮はいたしましょう。ただ、私の側に置いたからといって、選定に何か加味されるわけではないのですよ。彼女がそれに足る者ならば、本人が証明してみせることでしょう」

ルウェインの意見を受け入れつつ、けれど神殿が決定することだから王族の意見で状況を変えたわけではない、という言葉だった。

それを聞いて、レイラは察した。

アージェスとこんな風に一緒にいられる時間が少なくなる、もしくはなくなってしまうかもしれないことを。

ルウェインの方は、この答えで多少なりと溜飲を下げることにしたようだ。

「選定についても、間違いなく公平にご判断いただけるよう願っておりますよ、大神官殿」

その言葉を最後に、ようやく部屋を出て行ったのだった。

再び三人だけになった部屋の中に、神官長のため息が響く。

アージェスが、レイラを振り返って言った。

「このままでは、選定の日にどんな文句をつけてくるかわかりません。数日の間、この気象状況に対応することも兼ねて、聖女全員の見学をやめることにします」

レイラだけではなく、全員の見学を取りやめにするという。でなければレイラを他の神官につけることになったり、食事について配慮がしにくくなることを心配したのだろう。

「心配なさらないで下さい。食事については神官長と相談して、不自由がないように取り計らいますから」

「え、でも。大神官様のお力の方は大丈夫なのですか？」

聖霊術を少しでも使えばお腹が空いてしまうから、用意してくれるのはとてもありがたい。でもレイラが側にいなければ、アージェスは力が足りなくなってしまうのではないだろうか。

「元の生活に戻すだけですよ。気になさらないで下さい。それより、あなたがまた倒れるようなことになっては大変ですから。きちんとお腹を満たして下さいね」

アージェスは優しくそう言ったが、数日間は彼に会えなくなるのだ。

レイラは沈んだ気持ちが浮上しないまま、うなずくのがやっとだった。

◇◇◇

「問題はありますが……やりやすくはなりましたね」

夕暮れ時。神殿の最上階にあるバルコニーには、アージェスと神官長。神官長補佐達が揃《そろ》っていた。それ以外の者は、最上階からも追い出し、入り口には事情を知る神官を配置して見張らせている。

風はなおも強く、アージェス達の神官服を激しく揺らした。

「左様《さよう》でございますな。レイラディーナ殿には大神官様のお力のことは伏せておりますから、見せられないので」

神官長が、アージェスの言葉にうなずく。

「そうですね……始めます」

アージェスは手を空中に差し伸べて命じる。

「来なさい」

その一言だけで、引き寄せられるように風に紛《まぎ》れていた聖霊が寄り集まって来る。餌に群れる鳥のように。

彼らにアージェスがささやきかけた。

「この風の原因を言いなさい」

《ざわざわ》

《こわい》

《つらい》

聖霊達は口々にそう言った。まるで自分が怪我したことを、親に訴えるかのように。

そうしてアージェスにすり寄って行く。

「ではしばらく、眠りますか？」

《ねむる？》

《ねむるこわい》

「でも、このままでは消耗するだけでしょう。だから少しおやすみなさい」

アージェスは背後にいる神官達に向かって、手を上げて合図する。

するとバルコニーを覆うほどの白い光が瞬《またた》いた。

消えた後には聖霊達の姿はなくなっていた。同時に、周囲の風が少し収まる。風を起こしていたのが、騒いだ聖霊だったからだ。

代わりにバルコニーの床に転がるのは、乳白色の粒だ。

「緊急措置とはいえ、これも不思議なものですな……眠った聖霊が小さな球になるとは」

聖霊に命じて粒になった聖霊を集めさせた神官長は、それらを拾って布袋の中に収め始める。

「問題を除いたら、戻しましょう」

その眠った聖霊を目指して、強い風と共に黒い影が現れた。

尾を長く引くぼやけた彗星《すいせい》にも似た黒い影が、床に転がる聖霊達だったものに食らいつこうとしたその時、アージェスが真正面から掴みかかる。

その手が掴んだ場所から、黒い影が凍り付くように固まって行く。

黒い影は絶叫した。金属が軋《きし》みをあげるような不快な声を上げて。

そうして尾まで固まると、悲鳴は止み、黒い影はほろほろと崩れて消えてしまう。表向きは後には何も残らなかった。

その実、影の本体はアージェスの中に吸い込まれていた。それは一時体の中をめぐるような錯覚を起こして、するりと溶けて行く。

ほんの少し冷たくなるような感覚を残して。

「食べてみて……いかがですかな？」

慌てず、見守っていた神官長の問いに、アージェスは短く答える。

「そうですね。やや狂いかけという感じでしょうか。変質して意思があまり残っていませんでしたから、原因は特定できませんでしたが……」

ふっとアージェスは息をつく。

「とりあえずこれで、明日はなんとかなるでしょう。聖霊十体分というところですので」

「一応、レイラディーナ殿にはいつも通りの量をお運びしておきます」

「お願いします。彼女も、訓練などで力を使うでしょうから。心のことは心配ですが……」

アージェスは、レイラの様子を思い出す。

ルウェインを見て怯《おび》えていた。それだけでなく、自分のせいでアージェスに迷惑をかけたのではないかと不安に思っているだろう。

だからこそ狂って荒れた聖霊を見せたくない。

狂いが治まらなくなった聖霊は、食べてしまうしかない。けれど可愛い鳥の姿ではなくなったとしても、聖霊を食べる姿を見せてしまったら……。

彼女はまた、怯えた表情でアージェスに『悪魔』と言うのかもしれない。

それだけはどうしても、受け入れられなかった。

神官長も、レイラに神殿やアージェスを嫌って欲しくないと思っているので同意してくれたが。

「しばらくの間です。彼女が聖女に決まってしまえば……」

ルウェインでさえ文句はつけられなくなる。王家が横槍《よこやり》を入れてくる心配もない。そうしたら、またレイラが幸せそうに食べる姿を眺めて過ごせるようになるだろう。

本当のことは言えないままであっても。

◇◇◇

翌日、風は少し穏やかになった。

けれど朝食の席で、昨日から異常事態が起こっているので、神殿の仕事の見学はなし、と通達された。アージェス達神殿の上層部が、王都の郊外へ出て原因を探る活動をするためだという。

それでは、アージェスの住まいを訪れても会えないのだろう。

レイラは残念に思いながら、昼食を食べた後は部屋で待機していた。

すると扉が軽く叩かれる。

アージェスが正面からレイラの部屋を訪れるわけがない。そうわかっていても、レイラは少し期待して木製の扉を開いたが、そこにいたのは神官長だった。

「いらっしゃいませ神官長様。どうされましたか？」

神官長と、付き従っていた若い神官を中に招《しょう》じ入れた上で挨拶をしたら、若い神官が大きなバスケットをレイラに見せてくれる。

「先日は、レイラディーナ殿に申し訳ないことをいたしました。毎日様子を伝えるようにと大神官様からも指示されております。この件については私が参りますのでご安心下さい」

バスケットをテーブルの上に置かせた神官長に、レイラは礼を言う。

「ご配慮ありがとうございます。そもそも、今までがあまりに恵まれすぎていたのです。大神官様直々《じきじき》に教えていただける機会をいただけただけでも、十分に感謝しております。神官長様にもお手数をおかけしておりますが、宜《よろ》しくお願いいたします」

すると神官長がとんでもないと手を振る。

「いえいえ、大神官様がレイラディーナ殿のことを気遣うのは当然のことです。おかげでかなり行動範囲も広がったのですから」

「けれどお側にいなければ、大神官様のお力にもなれませんし……」

「そんなことは気にせずに。まずは召し上がって下さい」

促した上で神官長達は退出し、レイラは食事に口をつける。

けれど、食用花を使ったかわいらしい料理を見ても、切なくなる。一緒に食卓を囲んでくれていたアージェスが『華やかで食べていても楽しいでしょう？』と言ってくれたことを思い出してしまうからだ。

一緒に食べることはなくても、アージェスはいつもレイラに気を遣っていた。気兼ねがないように、あれからも何度か、食事をレイラの口元まで運んでくれた。レイラは恥ずかしかったけれど嬉しくて、毎回つい応じてしまっていたし、気づけば沢山食べていたのだ。

でも聖女になれば、あの日々が帰ってくる。

頑張ろうと思いながら食事を終えた。

それからレイラは、なにげなく神殿の中を歩いた。午後の見学をする必要がなくなったので、暇ができてしまったからだ。

途中で、また神官に何かを言われているらしいシンシアを見かけた。

午前の訓練の時、珍しく聖霊を集めるのも上手くいかなかったようで、レイラとしても少し気になったし、そんな時に王家から背中を押されても辛いのではないかなとは思う。

でも今回は話の内容こそ聞こえなかったけれど、特に責められている様子はない。どこかで見たことがある顔の神官も、穏やかな表情で話しかけている。

ただシンシアが青い顔をしているだけだ。

重圧がかかっていることで、平静ではいられないのだろう。けれどレイラには、彼女を慰める気持ちはどうしても浮かばなかった。

王家は、彼女との婚約のために内定の話を吹聴《ふいちょう》しておきながら、レイラのことを断ち切ったのだ。そのことを思い出すと、手ひどいことをした王子に憧れて、好きだと思ってしまった自分が恥ずかしくて辛い。

それにシンシアに関われば、先日アージェスに抗議をしに来た時のように、ルウェイン王子と会うことになってしまいかねない。それは避けたかったし、アージェスのためにも、聖女の選定がつつがなく行われるためにも、問題は起こしたくない。

「あとちょっとだから……」

選定が終われば、アージェスに会える。

でも寂しかった。

ため息をつきながら、レイラはシンシアに見つからないように道を変えることにした。

一度廊下を戻り、外回廊を歩く。

急いでシンシアから離れたい。その一心だったせいで足下しか見ていなかったレイラは、途中で庭から外回廊へと上がってきた人物に気づかず、ぶつかった。

「あ、ごめんなさい！」

「レイラディーナ様？」

声をかけられて見上げれば、ぶつかってよろけたレイラを支えてくれたのは、ふわふわした茶色の巻き毛の青年、エドワードだった。

「エドワード様!?　本当にすみません、お怪我は？」

謝ると、エドワードが笑う。

「問題ありません。レイラディーナ様のように華奢《きゃしゃ》な方が相手では、怪我のしようがありません。それよりもこうして触れさせていただける幸運が降って来たことに、感謝しておりますよ」

「あ、失礼いたしました！」

慌てて離れたレイラに、エドワードは少し残念そうな表情をした。

彼はどうしてここにいるのだろう。大使の側にいなくていいのだろうか。不思議に思いながらも、レイラは彼にまず礼を言うことにした。

「先日から何度もお花を贈っていただいてありがとうございます。とても綺麗だったので、部屋に飾っております」

「いいえ、でもあなたに似合う花をと思ったのですが……」

エドワードが腕を伸ばして、レイラの髪に指先で微《かす》かに触れた。

「気に入りませんでしたか？　教えて下されば、別のものを手配いたしますよ。もっとあなたが飾るのにふさわしい花を」

「ええと、それは……」

レイラは困ってしまった。髪に飾るのを避けたかったのに、そうまで言われて拒否するのは難しい。でももらった花を飾ったら、エドワードの気持ちを受け入れたことになりそうだ。

エドワードは黙り込んだレイラを見つめる。

「誰かに贈られたとはっきりわかるものは、好ましくないのですね？」

「私は……聖女になるため、神殿で指導を受けております。殿方と約束をしていると周囲に示すような真似は、今はできません」

はっきりと困りますと言えない自分がもどかしい。すがる相手が欲しいから、嫌われたくないと思ってしまうせいだろう。

そんなレイラの心の隙を見逃さず、エドワードが提案した。

「では、晩餐会で身に着けられる品を、密かにお贈りするのもご迷惑でしょうか？」

「装飾品!?　それはもっと……」

まずいだろう、とレイラは思う。すぐに枯れてしまう花ではなく、形として残る装飾品を贈るのも、身に着けるのも、結婚を約束している男女がすることだ。

「元からお持ちになっていた、ということにして下さい。それを受け取っても、僕もあなたに約束をいただけたとは思わないと誓いますよ。……きっとあなたには金剛石が似合う。僕が選んだ物で身を飾るあなたが見たいだけなのです」

「それでも……申し訳ないですから。お気持ちだけで十分です」

約束はしなくとも、エドワードの気持ちをある程度受け入れたと思われてしまう。慌てて断っていると、意外な人物が回廊の途中にある扉から現れた。

「大神官様」

アージェスと、付き従う神官長や神官長補佐といった、神殿中枢部の人々だ。

もちろん公務中にアージェスがむやみにレイラへ話しかけることはない。そのまま前を通り過ぎたのだけれど、神官長がその列から離れてレイラに手招きをしてくる。

聖女候補として、神官長に従う方をレイラは優先した。エドワードに会釈だけしてその場を立ち去る。

そして二つ三つ角を曲がったところで、神官長が立ち止まった。

「お困りの様子でしたのでお呼びしてしまいましたが、問題ありませんでしたかな？」

レイラが絡《から》まれているのではないかと思って、用事があるようなふりをしてエドワードから引き離したらしい。

「お気遣いいただいてありがとうございます、助かりました」

エドワードは納得していないようだったけれど、レイラは遠慮すると伝えたので、贈り物をしてくることはないだろう。

「お役に立てたようでなにより」

神官長は安心したように笑ってくれたのだった。

◇◇◇

「大神官様、まずいですぞ！」

レイラディーナを見送った神官長は、アージェスの住まいに来ていた。

そこには、先ほどアージェスに付き従っていた人々がそのまま集結している。皆がヘイデンの報告を待っていたのだ。

「やはり絡まれていたのですか？」

表情を消すアージェスに、ヘイデン神官長はぷるぷると首を横に振る。

「ご本人は話をしていただけだと。ただ断るのに苦慮はしていたようで。しかし問題はそこではありません！　レイラディーナ殿が、相手の男にそれほど嫌悪感を抱いていないことです！」

「なんてこと！」

「マズイですな……」

神官長補佐二人が深刻な表情になりながら、ヘイデン神官長と共にアージェスの様子を横目で確認した。

……不機嫌そうだ。

ヘイデン神官長は他の神官達と視線で会話をする。

――良い傾向ですな。

――意識してるということでしょうか？

――そこまで行っていればいいのですがのぅ。

ヘイデン神官長は咳払《せきばら》いして、アージェスに言った。

「レイラディーナ殿が聖女候補から降りられては大変です。余計な虫を排除するため、レイラディーナ殿は神殿のものだということがわかるようにいたしましょう」

「……こちらが先に、レイラディーナ殿が断れないような理由で装飾品を贈るのですか？」

アージェスも話に乗って来る。ヘイデン神官長は心の中で『よし』と思いながら答えた。

「神殿の品をお貸しするのはいかがでしょう？　それなら誰も手が出せますまい」

「他の令嬢達と待遇の差をつけすぎるのは、問題になりませんか？」

「ひっそりとお渡しすることで対処できますが、念のため、他のご令嬢にも貸し出しについて案内いたしましょう。あ、レイラディーナ殿には大神官様から直接お渡しになっていただきたいのです。後で現物を持って参りますので」

ヘイデン神官長の提案に、アージェスはうなずいた。

これで話し合いが終わったからと、神官長達はアージェスの住まいを後にする。そのまま黙々と固まって歩き続けた一行は、神官長の執務室の中に入ると一斉に息をついた。

「あれは意識……していらっしゃるんですよね？」

一番年若い祭神官マティスが不安そうにつぶやくと、神官長補佐のコーレルが請《う》け合《あ》った。

「大丈夫じゃろ。あれはかなり意識しておる」

神官長補佐の老女タニアもうなずいた。

「意識していなければ、レイラディーナ殿が言い寄られていたことに不愉快そうな表情はならない、と私も思いますわ。それにしても……」

タニアが、頬に手を当てて息をつく。

「大神官様のお嫁さんについて、こんなに右往左往することになるとは思いませんでしたわ。うち、男の子の孫が数年前に生まれましたでしょう？　今六つですが、こう……神殿へ来られた頃の、大神官様のことを思い出して……。子供の成長は早いものですわね」

「本当ですな」

ヘイデン神官長も同意してうなずく。

「レイラディーナ殿を確保できれば、女性に関しては対策しなくても良くなりますな」

「ですな。今はいいですが、いつまでも顔を隠してばかりはいられますまい。他国の大神官がお越しになられた時などは、さすがに素顔を晒さないわけにはいきませんから、間違いなく前聖女殿みたいな女性が湧いてくるはず」

「他国からも、送り込まれる可能性がありますからの……。だからこそ気に入っていらっしゃるのなら、今のうちにまとめてしまいたいのですが」

そこまで話して、四人がため息をついた。

「純粋培養しすぎたのか、そのあたりの感覚がちょっと……淡泊というか」

「今の状態では、まるで親子愛ですものね」

「むしろ餌を与える飼い主のような……」

食事風景を目《ま》の当たりにしたヘイデン神官長がぼそりとつぶやくと、他の三人の表情がこわばる。

皆、心の中で思ったのだろう。

いかん。放って置いたら恋愛に発展せず、変な方向で関係が固定されるのではないのか、と。

嫌な予感からいち早く立ち直ったのは、神官長補佐タニアだ。

「前向きに検討いたしましょう。今は知らないままで宜しいではありませんか。決定的なことをしてしまえば、レイラディーナ殿の方が、責任を取っていただかなくてはならないと思うことになるでしょう。そこで我々がたたみかけるのです」

「しかしレイラディーナ殿は、頬ちゅーでも抗議なさらなかったと聞きましたぞ？」

「奥ゆかしいというか、大神官様に迷惑にならないようにと思われたのでしょうが……」

ここまで議論した上で、その場の全員が思った。

やっぱり自然に任せてはいけない、と。

「やはり我々がなんとかせねば」

「無自覚と後ろ向きの組み合わせでも、我々が強引にまとめればっ！」

「とりあえず、大神官様が渡すということはご了承いただいておりますので、より『らしい』ものを選びましょう」

ヘイデン神官長の言葉に、他の三人は深くうなずいたのだった。

五章　告白は暗闇の中で

王宮の晩餐会《ばんさんかい》の当日。

他の聖女候補達は、目をぎらぎらとさせて身を飾る準備について会話をしていた。いかに自分のことを覚えてもらうかに焦点を絞って、お互いに衣装や装飾が被《かぶ》らないように相談しているようだ。

また昨日のうちに、必要であれば神殿の所蔵する装飾品を貸し出すと神官達が告知したので、予定を変更することにした聖女候補が髪型に頭を悩ませていた。

「レイラディーナ様はどうなさるんですか？」

黙々と食事を口にしていたレイラも話を振られたが、答えは決まっている。

「私は家から持ってきている物を使うつもりなの。それに聖女の選定が終わるまでは、着飾る方に意識が向かなくて」

「直接対決のようなものですものね……」

「緊張なさっておいでなのですね。無理もありませんわ」

聖女候補の令嬢達は納得してくれた。

昼食が終わると、レイラは早々に部屋に戻った。

神官長が手配していてくれたらしく、部屋の中には新しい果物が盛られた籠《かご》や、パンやチーズなどが置いてあった。果物も皮をナイフで剥《む》かなくてもいいものばかりだ。

普通の昼食だけでは足りないので、少し摘《つ》まんで食べる。

お腹《なか》が満たされた頃、再び神官がやってきて、果物籠以外を人目につかないようそっと回収してくれる。その後、髪や衣服の支度を手伝ってくれる女性の助神官が二人来てくれたので、レイラは着替えた。

衣装そのものは、先日の礼拝で着たものと同じだ。聖女候補として列席するので、これは変えようがない。

ただ装飾もほとんど身に着けなかったので、助神官に大丈夫かと再確認されてしまった。首飾りどころか耳飾りもしなかったので、心配されたのだろう。

でも自分は目立つ必要がない。聖女になるつもりなのだから、エドワードに着飾って見せなくてもいい。ただあまりにも助神官が気にするので任せたところ、今朝エドワードから贈られてきた花を髪に飾られてしまった。

……これは後で花を替えておくしかないだろう。

おかげで支度があっさりと終わってしまい、王宮へ向かうために集合する時間まで暇を持て余してしまった。

レイラは助神官を帰すと、ゆっくり庭を散策しながら向かうことにした。庭の花を少しもらって、飾り直すためだ。

急に突風が吹く日が多かったのと、アージェスの住まいへ行かなくなってしまったので、なかなか庭へ出る機会がなかったけれど、今日は久しぶりに風が穏やかなので、ゆったりと歩くことができる。

広い芝と噴水がある場所を越え、木々に囲まれた中に花壇がある場所を進んでいると、不意に声をかけられた。

「レイラディーナ殿」

「……え!?」

振り返ったレイラは驚いた。

数本の木が絡《から》まってできたような大樹の側《そば》に、晩餐会の時まで姿を見ることができないと思っていたアージェスが立っていたのだ。

「大神官さ……」

呼びかけそうになったレイラに、アージェスは唇の先に人差し指を立ててみせる。レイラは慌《あわ》てて口をつぐんでアージェスに駆け寄った。

「どうなさったんですか？」

　小声で問いかけると、レイラを目立たない場所へと移動させたアージェスが答える。

「あなたの様子を知りたいと思ったのです。晩餐会でも言葉を交わすのは難しそうでしたので……元気そうで良かった」

「私も、大神官様がお忙しいと聞いておりましたので、お元気なようで安心……」

　レイラが言いかけたところで、いつだったか聞いたことのある声が響く。

《げんかーい》

《はうすー》

　強制転移だ。レイラにもそれはわかった。

　周囲の景色が歪《ゆが》んだかと思うと、次の瞬間にはあの鳥かごの中にいた。

　再びアージェスに抱きしめられる格好になり、レイラはドキドキしてしまった。でも二度目だったので、慌てず騒がずに鳥かごから出ることができた。

　レイラに少し遅れて出てきたアージェスは、とても申し訳なさそうな表情をしていた。

「また巻き込んでしまって申し訳ありません……」

「いえ、不可抗力ですもの。お気になさらないで下さい」

　むしろレイラとしては、アージェスに触れられるとても素敵な機会なので問題ない。とはいえ恥ずかしくてとても本当のことなど言えないので、そう言って誤魔化《ごまか》した。

　ただ少し気になってしまい、アージェスに尋ねる。

「あの、大神官様はこの術を解くことができないのでしょうか？　危険な水準になったところで知らせるだけのものにして、ご自身でお戻りになれば、問題がなくなるように思うのですが」

なにせアージェスは、たぐいまれなほど強い聖霊術を使える人だ。悪魔の契約でおかしくなったレイラの体質も、治せると言うほどに。先代神官長の術などすぐに破ってしまえそうに思えたのだ。

「確かに……できなくはないと思います」

レイラの言葉を認めたアージェスだったが、気乗りしない表情だった。

「これに慣れてしまったのもありますが、思い出の一つを自分の手で壊してしまうみたいで、どうしても……。私が、先代神官長の養子だということはご存じですか？」

「はい」

侍女からそう聞いていたのでうなずく。

「私は、幼い時に両親に捨てられたのです」

捨てられた、なんて口にするのは辛《つら》いはずだ。でもアージェスは、なんでもないことのように続けた。

「思い出もあやふやな年齢のうちに捨てられ、しばらくの間は人らしくない生活を送っていた私を、見つけて保護してくれたのが養父です」

アージェスの養父にして先代神官長ゲイルは、アージェスに言葉を教え、人としての生活の仕方をも教えてくれた。

「そんな養父が亡くなって、少しずつ処分しなければならないものも出てくると……。この枷《かせ》にしかならない術でも、残しておきたいと思ってしまうのです」

「申し訳ありません。そんなにも大切にしていらっしゃるものを……」

知らなかったとはいえ、ひどいことを言ってしまったと謝ったレイラに、アージェスが笑う。

「気になさらないで下さい。これは私だけのこだわりで、神官長達にも以前から術を取り消すように何度も言われているんです。実際不自由ですからね。でもこうしてあなたまで巻き込んでしまっているのは問題なので、そろそろ考える頃合いなのかもしれません」

そう言ったところで、アージェスはレイラの首元に視線を落とす。

「ところでレイラディーナ殿は、あまり身を飾られないんですね？」

王宮での晩餐会に出席するというのに、装飾品も身に着けないのは質素すぎると思われたのだろう。レイラはどう答えようか戸惑った。

「ええと、あまり目立ちたくはないなと思いまして……。で、でも別に飾るのが嫌いなわけではないのです」

アージェスは「それなら少し待っていて下さい」と言って、すぐに細長い箱を持って戻ってきた。

「これを身に着けて行かれませんか？　少し寂しいように思いましたので」

　箱を開けると、青い宝石の首飾りが現れた。親指の爪ほどもある大きな粒がいくつも並んだ、豪華なものだ。しかも石の色は向こう側を見通せないほど深いのに、どこか透明感を感じさせる。神殿の物らしく、銀で作られた神を表す意匠も入っていた。

「これは……」

「聖女のために用意されている神殿の備品ですよ。女性が身に着けるには少々大きいかもしれませんが、レイラディーナ殿にはちょうど良いかと思うのです。……この重みがあれば、気になって他の雑音に耳を傾けることも少なくなるでしょう」

　アージェスの言葉にレイラははっとする。

　王宮での晩餐会なので、遠目にでもルウェインや国王の顔を見ることになる。神官達も多い晩餐会の席では貴族達もレイラを悪《あ》しざまに言えないだろうと油断していたけれど、悪意をぶつけたい人というのは、そういった状況をも無視することがあるのだ。

　アージェスの心遣いに、レイラは感激した。

「ありがとうございます大神官様。ぜひお借りしたいと思います」

「良かった。ではそのまま少し動かずにいて下さい」

　なんとアージェスが首飾りをつけてくれるという。

　まるで恋人のような行動に、レイラの心臓が高鳴る。

最近恵まれ過ぎなのではないかと思いつつ、レイラはじっとしていた。胸元近くへ重く下がる首飾り。留め金をつけてくれるアージェスの指が、時折うなじにあたる。

レイラは口から心臓が飛びでそうなほど、ドキドキした。

晩餐会中は、この首飾りのことを思うだけで、何の噂《うわさ》をされても耳に入らなくなるだろう。

そんなことを考えていたら、

「おや……」

後ろに回っていたアージェスの手が、髪に挿《さ》していた花に触れてしまったらしい。はらりと白い花が肩に落ちてしまった。それを手で受け止めたアージェスが謝った。

「すみません、不注意でした。他の花を挿しましょう」

「あ、でも大神官様。花は……」

長時間持たせるために、それなりの加工をしているものだ。大丈夫だろうかと思ったが、アージェスは任せて欲しいと請《う》け合《あ》った。

アージェスは近くの花瓶《かびん》から白い薔薇《ばら》を選ぶと、棘《とげ》を綺麗《きれい》に取ってから元の花に使った布に再び水を含ませて切り口に巻き、綺麗にレイラの髪に飾ってくれた。

エドワードのくれた花を飾って誤解されないだろうかと不安だったレイラは、なんとなくほっとする。

同時に、晩餐会が終わったら、今度こそエドワードに断りの手紙を書かなくては、と思ったのだった。

◇◇◇

他の聖女候補と行動することになるレイラが、アージェスの住まいからひっそりと出て行く。

その首元に青い宝石が飾られているのを見てから、近くに潜《ひそ》んでいたヘイデン神官長はアージェスの住まいに入った。

アージェスは花瓶に生けられていた花を枯れさせて、ふっと息をついていた。それから神官長の方を向いた。

「神官長殿」

「なんでしょうか大神官様」

「あの首飾り、ご用意いただけてとても助かりました。レイラディーナ殿が身に着けているのを見ていると、落ち着きますね」

その言葉に、神官長は頬がゆるんだ。

「そうですね。大変お似合いで、可愛らしくなっておられましたな。大神官様も見とれましたかな?」

「見とれ……?」

アージェスは目を瞬《また》いた。

神官長は彼の表情に注目した。アージェスが恋をしているのか、していないのか……。少なくともレイラディーナを想っている兆候を見出《みいだ》したかった。

神官長も、アージェスを幼い頃から見守って来た者の一人だ。

周囲から神力を取り込んでしまう能力があるから、アージェスは接する相手を限定されてきた。物事の判別がつくようになってからも、彼は自由に生きて行くわけにもいかず、悪魔として殺されないために神官になるしかなかったし、神官長達もそうでなければ彼を守れなかった。

でも本当は、家族に捨てられた心の傷を負ったアージェスにも、家族を持たせてやりたいと神官長達は考えていた。ただし家族になろうとした相手が裏切って、秘密を他人に明かされる可能性がある。

神殿内でアージェスの秘密を知る者でさえ、神殿以外に行き場がない者か、神官長達が秘密を握る者。アージェスを神殿で匿《かくま》った当時から関わっている者だけだ。

そしてアージェス自身も、それをよく理解して行動してきた。

けれど養父だった前神官長を亡くしてから、アージェスは目に見えて生きて行く気力を失った。一見普通に見えても、どこか投げやりで。夜間に悪魔のふりをしてそぞろ歩きを頻繁《ひんぱん》にするようになったのも、その時期からだ。

神官長達は、夜間に出歩くのを止めるべきかどうか悩んだ。下手に止めて、彼が発散する場まで失ってしまったら、ある日糸が切れたように儚《はかな》くなってしまうかもしれないと恐れたからだ。

そんな時に現れたのが、レイラディーナだ。

思いがけず悪魔の方のアージェスに出会い、その力の恩恵を受けた令嬢。

鳥かごに強制的に戻されてしまうことを知っても、誰にも他言していない。先代聖女のように、アージェスに付きまとわないところも理想的だ。

しかもアージェスは、彼女のことを気に入っているようなのだ。

これは一生に一度のチャンスだ、とヘイデン神官長達は思っていた。彼女ならば、悪魔の正体を明かしても、アージェスを受け入れて秘密を守ってくれるのではないかと。なにせ悪魔と契約をするような女性なのだから。

やがてアージェスが、ぽつりと答えた。

「とても、可愛らしいとは思いました」

「そうでしょうとも、そうでしょうとも」

良い反応が出てきて、神官長はにやけてしまう。

「隣国の貴族に、レイラディーナ殿へつけ入る隙を与えてはなりませんからね。ぜひあのディアルス王国の青年には警戒しておきたいものですね」

神官長の言葉に、アージェスも同意してくれる。

ただ付け加えられた言葉に、少々不安を感じた。

「やはり首輪をつけておくと、安心するものですね」

……首輪？

人間相手に言う言葉ではない。だから神官長は、聞き間違えたのだろうと思ったのだった。

◇◇◇

レイラと他の聖女候補達は、王宮の玻璃《はり》の間へと移動した。

広間の中には沢山《たくさん》のテーブルが置かれ、白と薄紅のテーブルクロスと、こぼれんばかりに生けられた花が華やかだ。

聖女候補は、指定された場所に座る。

国王達が座るだろう主賓《しゅひん》席とは少し離れている上、近くは神官だけで固められたテーブルだ。

これなら国王の側に固まる貴族達の、変な噂も耳に届かないだろう。

今回は晩餐会なので、食事だけだ。神官がダンスに興じるのもおかしいので、神殿側が出席する場合はそうするようになっているらしい。

問題は、談笑のために席を立つこともある、ということだ。

近くのテーブルにはシンシアがいる。彼女のところにルウェイン王子が来たらどうしようと思っていたが、顔色が良くないシンシアは食事もそこそこに席を立ち、自らルウェインのところへ挨拶《あいさつ》に赴いてくれた。

親族や知人がいる聖女候補も、席を立って談笑しに行く。

これなら大丈夫だと安心したレイラが、一人分の食事を名残惜しく食べ終えた時だった。

「デザートのお代わりはいかがですか？」

後ろから声をかけられたレイラは、デザートなら追加をしても大食いだと思われにくいかもと考えた。

「では一ついただけますか……え？」

頼みながら振り返ると、そこにいたのはエドワードだった。

笑うと陽だまりのように暖かな印象を受ける彼は、レイラに持っていた硝子《ガラス》の器を差し出してくれる。器の中には、数種類のベリーのソースがかかった、プリンが入っていた。

最初は警戒していたものの、美味《おい》しそうなプリンについつい手が出て受け取ってしまう。

するとエドワードが小さく笑った。

「甘いものがお好きなのですか？　もっと召し上がれそうでしたら、頼んで来ましょう」

「え、あの、でも……」

正直なところ、もう少し食べたい。五皿ぐらい。けれどそんなことを言ったら、なんて大食いな令嬢だと思われるだろう。……と、そこでレイラは気持ちを変えた。

むしろ大胆に頼んだ方が、彼も自分に構わなくなるかもしれない。

「では、あと五つ」

さぁ。これでエドワードも引くだろう。デザートを取りに行くふりをして、どこかへ行って戻って来なくなるに違いない。

なのに、彼は違った。

給仕を呼び止めてデザートを五つ持って来させると、不在にしていた隣の令嬢の席に座ってしまう。

「さぁどうぞ。気になるようでしたら、僕も一ついただきますよ」

エドワードは片目を閉じてみせ、自分もデザートを口に運び始める。

レイラは困った。困ったけれどデザートの誘惑に勝てなかった。つい口に運んでしまっていると、先に食べ終わったエドワードがじっとレイラを見つめていた。

「食べている姿も可愛いですね」

可愛い!?　とレイラはエドワードの言葉に驚いた。

今まで食べている姿を褒めてくれたのは、親以外ではアージェスだけだったのだ。

「淑女はあまり食べる姿を晒《さら》すものではない、というのは僕も承知していますよ。でも美味しそうに食べている姿って、とても幸せそうに見えませんか？」

「え、えと……」

何と答えよう、とレイラは思う。食べている姿を褒めてくれたせいか、エドワードがとても良い人のように見えた。笑顔で同意したい。

戸惑っていると、エドワードはレイラが身に着けていた首飾りに視線を移した。

「僕が贈った花は飾って下さらず、その首飾りをしているということは、神殿に身を捧《ささ》げる気持ちに、揺らぎはないということでしょうか？」

落胆したような声と共に、柔らかくなじられる。

レイラはそのつもりでいるけれど、自分を気遣ってくれていた人をなるべく傷つけず、納得してくれるような言い訳を探して、頭を悩ませたその時だった。

ふっと風が吹いた。

建物の中で？　と不思議に思った瞬間、近くの花瓶から、はらはらと花弁が落ちてしまった。そういうことが起こらないよう、こういう場では咲いたばかりの花を使うはずなのに。

エドワードもそれに気づいて、不思議そうに花を見ていた。

その間に、レイラは他の神官から肩を叩《たた》かれる。

「ちょっと問題が起きまして」

「問題ですか？　あの、失礼します」

エドワードに一礼してレイラはその場を離れた。そのまま誘導されたのは、控えの間だ。

扉の前には神官長がいて、レイラだけを中に通してくれた。

そして控えの間にいたのは、いつの間にか席を立っていたらしいアージェスだけだった。

「大神官様、どうなさったんですか？　もしかして私のお手伝いが必要ですか？」

アージェスが中座するのだから、神力が尽きかけたのだろう。それで周囲に駄々《だだ》漏《も》れさせている自分を呼んだのだと、レイラは考えた。

紗《しゃ》を取り去っていたアージェスは、困ったような表情でうなずく。

「申し訳ないのですが、少々限界がきたんです」

「限界ですか!?」

緊急を要する言葉に、レイラは慌てた。

「お側にいれば大丈夫ですか？」

尋ねると、アージェスがレイラの手首を掴《つか》んで引き寄せた。

「そうですね。近くにいるだけでは足りないので、もう少し側に……」

レイラは肩を掴まれ、驚いている間に、頬にアージェスの大きな手が添えられた。

気づけば頬にアージェスの唇が触れている。

「だ、だいしんかんさ……」

思わず呼びかけたレイラだったけれど、その言葉すら最後まで言えない。急に目が回り出して、意識が遠のいて……そのまま気絶してしまったのだ。

だからその後の、アージェスとヘイデン神官長の会話を聞くことはなかった。

◇◇◇

「神官長、レイラディーナ殿が倒れてしまいました。神殿へ運んでくれませんか？　私は余分に補充させていただいたので、放っておいても大丈夫です」

アージェスが気絶したレイラを近くのソファーに寝かせながら言うと、神官長はやや驚いた顔をした後で深いため息をついた。

「何をしているのですか、大神官様……」

「わずかでも秘密を知る彼女に、他国の人間を近づけるなど危険ではありませんか。強制的にでも遠ざけるのが、正しい対処かと思うのです」

二人が並んで談笑しているのを見た瞬間、どうあってもエドワードから遠ざけるべきだと思ったのだ。可及的速やかに。ならばレイラの神力を奪って、身動きを取れなくして晩餐会場から退出させるのが手っ取り早いと考えた。

でもヘイデン神官長は、この方法を良く思わなかったようだ。手っ取り早いけれど、レイラへの負担が大きいからかもしれない。

アージェスも少し、やり過ぎたとは思った。

その柔らかな感触も、それによって自分が起こした変化に戸惑うレイラを見ることにも、心がくすぐられて、つい過剰になってしまったのだ。

「ご執心具合が、思った以上だったようですな」

嬉《うれ》しいやら困ったやらというヘイデン神官長に、アージェスは首をかしげる。

「執心？」

「大神官様、他の人間がレイラディーナ殿に今の大神官様と同じことをしたら……お嫌でしょう？」

アージェスは困惑する。

親子のような行動をしても受け入れるのは、レイラが前聖女のような気持ちがなく、アージェスを兄か父のように思っているということではないだろうか、と思っている。

一方でレイラには親族がいる。父親は彼女の頬に口づけるだろう。

でも他の人間がと言われた時に想像したのは、エドワードの姿だ。それは嫌だった。

先ほど強引に引き離したのも、自分の物を盗《と》られるような感覚になったからだ。

これは執心しているから、なんだろうか。レイラが可愛い子犬のように思えるからなのか。

何と答えたらいいのかわからずに黙っていると、ヘイデン神官長が「まぁいいでしょう」と言った。

「レイラディーナ殿は、神殿へお運びしておきます。大神官様はお席にお戻り下さい」

促《うなが》されて、アージェスはもやもやとした気持ちを抱えながら控えの間を出たのだった。

◇◇◇

翌日、レイラは朝からずっと、頬に指先で触れてはアージェスの唇が触れたことを思い返していた。

朝食時も、フォークを持つ手が何度も止まってしまう。毎日きちんと食べていたのにと、周囲の令嬢達に心配されたほどだ。

初めて頬にキスした時、アージェスはあまり慰め方を知らないと言っていた。それで、礼拝に来る親子を真似したと言っていたけれど。

「だとしたら、やっぱり恋愛感情ではない……のよね？」

アージェスにしてみれば、子供か小動物への対応の一つのつもりなのだろう。あげく、レイラが頬へのキスで本当に泣き止《や》んでしまったせいで、これがレイラへの正しい対応だと認識してしまったのかもしれない。

「でも待って。だとすると今後大神官様って、誰かを慰めようと思った時に……同じこと、しちゃうのかしら？」

小さな子供が相手なら問題ない。でもレイラくらいの年齢の人にもそんなことをしては、相手が男女のどちらでも問題になるのではないだろうか。

レイラは迷う。忠告すべきか、せざるべきか。

やめた方が……なんて言ってしまったら、レイラにも二度としてくれなくなるだろう。これからずっと続く片想い人生の中の、幸せな瞬間を自分で潰してしまうことになる。

黙っておこうと決めたレイラは、まずエドワードに手紙を書いた。

ようやく決心できたので、エドワードにもう花は贈らないで欲しいと伝えることにしたのだ。

手紙を助神官に託した後、レイラは聖霊術の訓練へと向かった。

今日はいつもより一層風が強い。

いつも昼前に一度は収まるのだけれど、それはアージェス達神殿関係者が何か聖霊術を使っているらしいと耳にした。けれど風は、夜にまた強まる。

人に被害を与えるような突風にはならないが、曇天《どんてん》が続いていて不穏な雰囲気が消えない。

風が強いからと訓練は今日も屋内で行われているけれど、呼び寄せた聖霊は外を気にしている。聖霊の声を聞き取る訓練でも、皆が自然と天気について尋ねるようになっていた。

「なぜ最近はずっと風が強いの？」

聖霊は幼子のように簡単なことしか答えられない。だから優しく平易な質問で尋ねるのだが、返ってくるのは誰に対しても同じような言葉だった。

《ざわざわー》

「どこかの地域で、心がざわつくようなことがあるの？」

《んー、ざわざわー》

聖霊達は心がざわついて落ち着かないのは間違いなく、時に外の突風につられたように飛び出していく。

レイラはため息をついた。少しでも聞き出せれば、アージェスの役に立てるのではないかと思ったのだが、上手くいかない。

風が吹き始めてから、アージェスは忙しくしていた。

午前中のうちに神殿内外を見回っては、昼食の時間になると鳥かごに強制帰還、といったことが続いていると神官長から聞いていた。なので、神力をかなり使っているのだろう。午後は通常の仕事をしているが、王都内でも突風のせいで物が倒れることが多く、風を治めて欲しいと陳情に訪れる人も増えていた。

シンシアも聖霊の声については、同じような状態らしい。

けれど彼女は「余力がありますので、せめて神殿内のことだけでもお手伝いします」と言って、風で折れて花が散った花壇を囲った後で、再び植物を育てたりしていた。

レイラも手伝いたかったが、それは難しい。

なんだか今日は、すぐにお腹が空《す》いてしまうのだ。

「一度休んでから、またこちらに参ります。その時にお手伝いさせて下さい」

庭で花の世話をしている神官に言うと、とても感謝された。

神殿はあれだけ大量の花をいつも維持しているのだから、沢山使うのだろう。大聖堂に飾ったり、祝福の時に使ったりと、確かに神殿は花を消費しがちではある。

レイラは部屋に戻ると、お腹に詰め込めるだけの果物を食べた。

それから、再び花壇に向かったのだが。

歩いている途中で、小さな嗚咽《おえつ》が聞こえて来た。

以前、同じようなことをしたレイラは、ピンとくる。これは聖女候補の令嬢の誰かが、選定後の未来を憂《うれ》えて泣いているのに違いないと。

自分はなんとか聖女になれそうだが、どうしようもない事情が発生した令嬢がいるのかもしれない。レイラ自身には何もできなくても、カルヴァート侯爵である父の手を借りれば、少しは助けになるかもしれない。

そう思ったレイラは、神殿衛士が立っている場所から離れ、声の方向に歩いて行く。

すると外回廊から庭へと降りる小さな階段に、ぽつりと座って泣いている人がいた。暗い日影にいるのでよくわからないが、明るい色の髪がまた強くなってきた風になびいている。

「あの……」

声をかけたレイラは、振り返った彼女の顔を見て驚く。

シンシアだ。

他の令嬢だとばかり思っていたレイラはうろたえた。自分よりはるかに恵まれた状況にいる彼女が泣いているとしても、なんと言ったらいいのかわからない。

先に、声をかけられたシンシアが謝りながら立ち上がった。

「あ、あの、すみません！　これは何をしていたというわけじゃなくて、ええと」

涙を拭《ぬぐ》いながらあたふたとするシンシアに、つられてレイラも慌てる。

「わわ、私もちょっと通りかかっただけですので、すぐ失礼しますわ」

「ええ、早くここから遠ざかるべきですわ！　あの、神殿衛士がいるところから離れないようにした方がいいでしょう。さぁ早く！」

シンシアが鬼気迫る表情でレイラの背中を押し、来た道を戻らせようとした。促されるまま歩き出したレイラだったが、さすがに「あら？」と疑問に思う。

シンシアは泣いていたのを見られて、遠ざかって欲しいわけではなさそうだ。むしろ警備の厚い場所に行って欲しいらしい。

なぜだろうと疑問に思った瞬間、外の風がいっそう強まった。

風に運ばれたらしい、悲鳴が聞こえた。

「え？」

立ち止まったレイラが外の方を振り返ると、風が吹き込む回廊の中に、黒い靄《もや》の塊《かたまり》が入り込んで来ようとしていた。

「え、何!?」

今まであんなものは見たことがない。見ればシンシアは、顔をこわばらせて黒い靄を凝視《ぎょうし》して「どうしよう、どうしよう」とつぶやいている。

その間にも黒い靄は、うぞうぞとレイラ達の方へ近寄って来た。

「え、やだっ」

逃げたいけれど、その異様さにすくんでしまって、足が上手く動かない。

レイラは聖霊術を使うことにした。聖霊が見えるよう意識する。けれど意識を切り替えた瞬間に見えたものは、靄の近くにいた聖霊が《ぴーっ！》と叫びながら吸い込まれる様だった。

レイラは息を飲む。

自分が見ているものが信じられない。こんな風に聖霊を食べてしまう存在がいるだなんて、まるで……。

「悪魔？」

神をその座から引きずり降ろすため、神の遣いであるとされる聖霊を食べてしまうもの。そのために奈落を作る存在だ。だけどこれは、レイラと会ったあの悪魔なのだろうか。

戸惑うレイラの耳に、第三者の笑い声が届く。

「くくっ。こんなところにいらっしゃったとは……」

靄で霞《かす》んでよく見えないが、靄の塊の後ろに誰かがいた。

「お部屋にお迎えに上がりましたら、姿が見えなくて焦《あせ》りましたよレイラディーナ様。計画とは違ってしまいましたが、あなたを連れ出せるなら問題はなくなる」

「計画？」

何が起こっているのかわからないまま、反芻《はんすう》したレイラの言葉には答えずに相手は言った。

「さあ、レイラディーナ様を眠らせなさい」

一体誰に指示をしたのか。レイラの疑問はすぐに解消された。

「ごめんなさい、レイラディーナ様」

シンシアが謝ってくる。まさかこの悪魔や怪しい人物にシンシアが関わっていたのか。

驚いた瞬間、近くにいた黒い靄が膨れ上がったようにレイラの視界を遮り、意識が眠りに落ちるように遠のいた。


次に意識が戻った時、レイラは横たわっていた。

クッションを敷いているようだけれど、ガタガタと振動して足や背中が痛い。だからここが馬車の中だとすぐにわかった。

頭は誰かの膝枕《ひざまくら》の上にあるおかげで、どこにもぶつけずに済んでいる。すぐ近くに見える座席と布張りもない木の壁からすると、貴族の馬車ではない。

そして目の前の座席には、見知った青年が座っていた。

「もう目を覚まされたんですか、レイラディーナ様」

穏やかそうな微笑《ほほえ》みを浮かべたエドワードに声をかけられて、思わず肩を震わせた。

「え、あなたは、どうして……」

問いかけたけれど、レイラにも薄々状況は察せられた。黒い靄のせいで意識を失う前に聞いた声、それはエドワードのものだったから。

自分を探していたと言って、シンシアにレイラを眠らせるよう命令していた。

どうして、なぜ、と思う。レイラに花を贈り、デザートを沢山頼んでも嫌な顔ひとつしなかった優しい人なのに。

信じられないのと、わけのわからない状況に、レイラは言葉が出てこない。

とにかく横たわった体勢でいるのは怖くて、起き上がる。

そんなレイラを庇《かば》うように、細い腕で抱きしめる人がいた。

視線を向ければ、シンシアの顔が見えた。膝枕をしてくれていたのは彼女だったようだ。シンシアはレイラと目が合うと、辛そうに視線をそらしながらも教えてくれた。

「レイラ様、あなたはディアルス王国の陰謀に巻き込まれてしまったのです」

「えっ？」

そこにエドワードが苦言をはさんだ。

「シンシア嬢。そういう情報を勝手に与えるのは感心しませんよ」

「国に攫《さら》って行かれるのでしょう？　でしたら、問題ないはずです。それよりも情報を教えた方が、むやみに暴れたりなさらないと思います。レイラディーナ様は私以上に聖霊術を扱える方なんですから」

シンシアの反論に、エドワードは納得したようだ。

「それもそうですが……。まぁいいでしょう」

けれど納得できないのは、レイラの方だ。

「え、攫う？　陰謀？」

どういうことか、説明してもらえないと何も判断できない。だからシンシアが話してくれるのを待った。

「ディアルス王国は、エイリス王国の侵略を画策しているのです」

「侵略……」

反芻するレイラに、シンシアがうなずいた。

「ディアルスは小国です。武力でエイリス王国に立ち向かうのは難しいので、王家に忠誠を誓う聖霊術の使い手を養成していました。その一人として拾われた孤児が、私です」

「孤児って……？」

シンシアはディアルス王国の人だという。でもそんな人がどうやって、オルブライト伯爵家の養女になったのか。それも続けてシンシアが語ってくれた。

「レイラディーナ様はご存じでしょうか。オルブライト伯爵家は、ディアルス王国にほど近い場所にあります」

オルブライト伯爵領とディアルス王国は、一つ山を隔てていたと記憶している。

「ディアルス王国が陰謀の下準備を進めていた頃、ちょうどオルブライト伯爵の娘シンシアが病にかかりました。シンシアは私とそっくりで……。そこに目をつけたディアルス王国が、娘を失ったばかりのオルブライト伯爵に、私を偶然を装って引き会わせて……」

シンシアは唇を噛みしめ、言葉を継いだ。

「亡くした娘にそっくりだった私を、オルブライト伯爵はシンシアとして引き取ってくれたんです。実の娘の死を隠して、すり替えて」

「……どうしてそんなことを」

オルブライト伯爵家に一人の人間を潜り込ませても、すぐにエイリス王国を侵略する足がかりにはできないはず……と考えたところで、レイラも気づく。

今、シンシアの立場は何だった？　王子の婚約者だ。問題がなければシンシアはそのまま王子妃になり、ゆくゆくは王妃になる。

王妃が他国の間者なら、侵略戦争を仕掛けても有利にことを運ぶことができる。それどころか、病のように見せかけて王族を殺すことさえできるのだ。

レイラの顔色が変わったので、気づいたと感じたのだろう。シンシアが苦い笑みを見せる。

しかし続きを語ったのはエドワードだった。

「どこの王家も、神殿に頼りたくないと望んでいるのですよ。けれど神殿への恩を持ちだされれば、貴族達は子供や領民を神殿に勤めさせることを優先します。嫡男で家を継ぐ場合でも、力の扱い方を覚えさせねばならないからと神殿に預けられる。そうなれば神殿の言うことを良く聞く犬になるばかりで、王家に貢献することはまずない。だからエイリス王家は、必ずシンシアという餌にかかるはずだと確信していました」

実際、エイリス王家は神官にも勝《まさ》る聖霊術が使えるシンシアを、王家の花嫁に望んだ。レイラとの婚約内定を解消してまで。

一方で、神殿に取られる前にと焦ったのだろう。シンシアのことをよく調べなかったからこそ、後から養女だということが発覚した。しかも、平民の孤児だったのだ。そのことが他に知られたら、貴族達からは反発されるだろう。聖霊術が使えるのは稀有《けう》だけれど、高貴な血筋ではない娘が王族に加わることを、良く思わない者が多いからだ。

ただ平民でも、貴族の花嫁になっても謗《そし》られない方法がある。神官だったなら、身分の枠を外れた存在なので、貴族に嫁いでも許容されるのだ。

だから聖女に立候補させたのか。

どうして聖女という箔《はく》まで要求するのかと不思議に思っていたが、これで納得できた。

エドワードがその予想を裏付けてくれる。

「上手く王子の婚約者にはなれたのですがね、入れ替わりがエイリス王家にバレてしまいました。それでも聖女になればいいだけなので、一年で聖女を辞退する形で丸く収めようと考えていたのですが……レイラディーナ様、あなたが現れてしまった」

　エドワードがこちらに身を乗り出す。

　怖くて、レイラは身を引いて遠ざかろうとした。

「あなたが聖女になると、シンシアが王子妃になれません。それでは困るのですよ。だからあなたには退場していただきたいのです」

　そこで、くすりと笑って付け加えた。

「でもあなたは、確か婚約解消のせいで結婚ができないから、聖女になろうとしたんでしたか。まぁ僕達のせいとも言えなくもないですが、不運と思って諦《あきら》めていただきましょう」

　その言葉にレイラはむかっとした。

「言えなくもない、ではありませんわ！　はっきりとあなた方のせいでしょう！」

「おお、捕まっている身だというのに、お元気なことですね」

　怒りで身を乗り出してしまったレイラに、おどけたように返したエドワードが手を伸ばす。

「ひゃっ」

　腕を掴まれて、レイラは思わず悲鳴を上げた。

「だからあなたは不運なのですよ。さて、王都からは出ましたし、そろそろいい頃合いでしょう。あの大神官が追っては来られないように手配はしていますが、万が一の場合もありますからね。早めにあなたの記憶を消してしまいましょう」

「え、嫌っ！」

記憶を失えば、家族との思い出を失う上、アージェスのことまで忘れてしまう。忘れたくない。辛いこともあったけれど、彼の優しさや美しさに感動した気持ちも、ちょっとだけ手が触れたりした瞬間の喜びも、頬に口づけされた時の舞い上がりそうな気持ちも全部。

逃れたくて聖霊を呼ぼうとしたけれど、聖霊が全く反応しない。

（うそ、どういうこと!?）

神力で聖霊を呼ぶのは慣れてきているのに、一向に聖霊の影が見えないのだ。

わけがわからないうちに、レイラはエドワードに抱えられるようにして馬車の外に引きずり出された。

シンシアも追いかけて降りてくる。

「エドワード様。記憶を消すとは聖霊術をお使いになるのですか？」

「聖霊術、といえばそうかもしれませんね」

エドワードは微笑む。

「けれどエドワード様にはお使いになれませんし、他に誰が……」

シンシアは右や左を見る。レイラも釣られるようにして、周囲に目を向けた。

ここは王都の壁の外に広がる耕作地だった。広い平地にあぜ道が曲がりながらどこまでも伸びているような場所だ。街道から外れているのか、土を固めただけの道には人の姿がない。

今ここにいるのは、エドワードとレイラ、シンシアの他には馬車の御者ぐらいしかいない。

「聖霊術が使える必要はないのですよ。むしろ使えない方がいい方法というものがありましてね」

そう言って、レイラの腕を掴んだエドワードが、左手で自分の懐《ふところ》から手の中に収まるほどの黒い球体を取り出した。レイラには一体何なのかわからなかったが、シンシアは知っていたらしく、息を飲む。

「それはまさか……狂った聖霊」

狂った聖霊は、災害をもたらすものだ。神殿はそれを治めるために、聖霊術を神官達に磨かせている。そんな聖霊を、石のように固めたものだというのか。

「これを利用して、記憶ごとレイラディーナ嬢を消すのです。エイリスの大神官はとてつもない力を持っているのですから。聖霊術で人を一人消したらすぐに犯人が露見してしまう。だから彼女自身に消えてもらえばいいのです」

「そんな！　レイラディーナ様にはひどいことをしないと約束をしたはずです！」

「彼女を始末せずに、どうやってエイリス神殿の者達に知られないようにできるというのです？　しかもあなたがそう要望するから、一度はレイラディーナ嬢に機会を与えたのですがね？　僕の誘惑には全くなびかなかったのですから、仕方ありません」

ようやく、エドワードが神殿や晩餐会で声をかけてきた理由がレイラにも飲み込めた。でもなびかなかったせいで窮地に陥《おちい》るとは、夢にも思わなかった。

「レイラディーナ嬢。これからあなたには、狂った聖霊が封じられた水晶に触れてもらい、奈落を作り出して消滅してもらいます」

「奈落⁉」

レイラは驚く。奈落がそんな形で作り出せるとは知らなかったからだ。

「奈落は狂った聖霊が作り出すものなのですよ。封じたこの水晶も、聖霊の声が聞こえない人間が触れるのなら問題ありませんが、聖霊術を扱える能力がある者には毒になります。影響されて狂い、聖霊の力をさらに暴走させて奈落を作ってしまうからです。でも一般の民はそんなことは知らない。奈落ができ、あなたが失踪したなら、レイラディーナ嬢は奈落に飲み込まれたのだと思われるだけです」

エドワードはニヤリとした。

レイラは急いで逃げようとした。けれど聖霊術も使えない今の状態では、彼の手を振り払うことすらできない。シンシアも聖霊術が使えないようだ。

狂った聖霊を封じ込めた水晶に、術を使うために手助けを求めた聖霊が吸い込まれてしまうからだ。

このまま死んでしまうのか。レイラは目に涙が浮かぶ。

その時だった。

「私がいなくなれば……！」

シンシアが突然走り出し、エドワードに体当たりした。彼はよろけただけだったが、持っていた黒い球を落としてしまう。

それを、シンシアが手を伸ばして拾い上げた。

「くそっ！」

エドワードはレイラの手を離すと、走って逃げ出す。

「早く、馬車を出せ！」

叫んだエドワードは、動き出した馬車に飛び乗った。

「レイラディーナ様、逃げて……」

シンシアは泣きそうな表情でそう言ったけれど、レイラは首を横に振った。

「早く、そんな変なものは投げ捨てて、あなたも逃げるのよシンシア！　だって王子と結婚するんでしょう⁉」

叫んだレイラに、シンシアは苦い笑みを見せる。

「もう、捨てられたから……」

「え⁉」

目を見開くレイラの前で、シンシアの持つ黒い球からふわりと靄が立ち上がる。

「私、我が子のように優しくして下さった養父を殺すと脅《おど》されて、ずっとエドワード様達に従っていました。でも、その中でも希望を持ってはいたんです。王子様ならきっと、全てを打ち明けたら養父を救って下さる。きっと私の話を信じてくれると信じてた」

シンシアは辛そうに言葉を切る。黒い球から広がる靄が、地面にゆるゆると落ちて溜《た》まり、彼女を足下から覆《おお》い隠していく。

「でも、聖女になれない私は、必要ないと……」

ルウェインは、シンシアが王子妃になれる条件を満たせないなら、彼女のことを必要ないと切り捨てたのだ。

あんなに仲睦《むつ》まじそうな様子だったのに、とレイラは驚く。

王子はシンシアを、王子妃にふさわしい人形のように考えていたのか。レイラとの婚約内定を解消してシンシアに乗りかえたのも、ただ彼女がより条件の良い人だったからで。何一つ彼女に惹《ひ》かれてもいなかったのだ。

「でも、私が奈落に飲み込まれていなくなってしまえば、ディアルス王国の陰謀は頓挫《とんざ》します。人質として使えなくなれば、養父も助かるはず……。でも心配で。だからレイラディーナ様お願い。どうか大神官様にお話しして、養父を助け……」

急に黒い靄が広がって、シンシアの体も声も覆い隠してしまう。

あまりのことに、レイラもその場に足が縫い止められてしまったように動けなかった。

そのままシンシアから吹き出すように広がった闇の中に、レイラ自身も取り込まれてしまったのだった。

◇◇◇

外出から戻っていたアージェスの元に、神官が駆け込んできた。

「大神官様こちらにおられましたか！　緊急です！　神殿の王宮側に例のものが！」

例のもの、でその神官が何を言いたいのかわかった。

突風を吹かせている狂った聖霊のことだ。

神殿には神官以外の者も出入りしている。もし狂った聖霊がいると知られたら、大きな災害が起きるかも、と王都民が大騒ぎする可能性があった。なので曖昧《あいまい》な言い方をしているのだ。

アージェスは神殿内の執務室から、神官と一緒に出現地点へと向かう。

到着した場所では、尖塔《せんとう》の屋根を覆うほどの大きな黒い靄になった聖霊と、大勢の神官達がいた。

神官長が号令し、高位の神官達が黒い靄の周囲に光で檻《おり》を作る。すかさず他の神官が、持って来た透明な水晶の球を檻の中に入れると、黒い靄は中に吸い込まれるようにして消えた。

後に残ったのは、黒く染まった水晶玉だけだ。

「保管しなさい」

神官長が命じると、水晶を持って来た神官がそれを手で触れないようにして袋に入れ、神殿の中へと持ち去る。

それを見送る神官長に、アージェスは声をかけた。

「私の手は必要なかったようですね。無事に済んで何よりでした」

「こちらもほっとしております。対処ができない神官も巻き込まれることはありませんでしたし。聖女候補達も、神殿の奥に避難させたそうですよ」

「それは良かった。レイラディーナ殿に万が一のことがあっては困りますから」

アージェスはほっとする。レイラもまだ狂った聖霊と対したことはない。あれは神官として経験を積んでから、対処を知っている人間と一緒にでなければ、とても近づけさせられるものではないのだ。

けれどその言葉に、神官長が目を輝かせた。

「他のご令嬢のことは宜《よろ》しいと？」

「そういうわけではありませんよ。言葉が足りませんでしたが、聖女候補達は皆保護されるべき人々です。ただレイラディーナ殿は特別な人ですから……」

一部だけとはいえ、アージェスの事情を知る人間だ。他とは分けて考えてしまうのは仕方ないと思う。むしろ神官長は、なぜそんなことを気にするのだろうか。

答えると、神官長はニヤッと口の端を上げた。アージェスは笑った意味を尋ねようとしたのだが。

バタバタと複数の聖霊が、アージェスの胸に飛び込んでくる。

聖霊達はしがみついて一斉に鳴き出した。

《れいら、れいら》

《きぜつー》

《ゆうかい！》

《ねむったー》

彼らの言葉を聞き取ったアージェスは、すぐに走り出した。同じように精霊の声を聞いた神官長が、他の神官にアージェスの後を追うように指示しているのが聞こえた。

神殿の中で、貴族令嬢が誘拐《ゆうかい》されたのだ。表向きには神殿の沽券《こけん》に関わる事件の上、今はアージェスにとって貴重な神力の供給源なのだ。総力を挙げてレイラを救出しようとするだろう。

けれど彼らを待っている場合ではない。ひたすら走る。

本当は聖霊術で移動したかったが、朝のうちに狂った聖霊が現れたというので、アージェスは王都の郊外でも聖霊を一体鎮《しず》めていて、そのせいで神力をかなり消耗していた。

あげく、途中で狂った聖霊が現れて行く手を塞《ふさ》ぐ。

誘拐されたというレイラの居場所を、正確に探り当てられるのは自分だけだ。彼女とアージェスの間には繋《つな》がりがあるから。でも追いかけてくる神官だけに狂った聖霊を任せては、取り込まれてしまう可能性もある。

自分は保身のために就任したとはいえ、神殿の長なのだ。レイラだけではなく、彼らを守る義務もある。

悩んだ末に、アージェスは狂った聖霊に対峙《たいじ》することにした。自分のことを知らない者も側にいたので、食べるのではなく眠らせて、黒い球体に変えてしまう。

追いついた神官達が驚く中、アージェスは伝言を口にした。

「神官長に、私は一度戻ってから、自分なりの方法で追跡すると伝えて下さい」

そう言うのがやっとだった。でも精霊の声を聞いていた神官長からの指示で動いていた彼らは、それでも十分に理解してくれたと信じるしかない。

すぐに聖霊が寄り集まって来て、アージェスを鳥かごの中に戻してしまった。

「………」

外はまだ強い風が吹いている。

けれど建物と鳥かごを覆う布を隔てると、かなり静かだ。

アージェスはその静けさに、どうしようもないほどのいらだちを感じた。

昔はこの鳥かごがある場所こそ、自分の帰る場所なのだと考えていた。むしろ戻っても良い場所、と言ってもいいのかもしれない。

それを今、初めて邪魔だと思った。

鳥かごがあるから、追いかけている途中で連れ戻されてしまう。レイラをすぐに追いかけることができない。

仕方なく力を蓄えようと花を枯らしていくが、数が足りない。

補うにも、鳥かごから出なければどうしようもなく、神官長がここに来るまで待てなかった。

アージェスは鳥かごの柵を掴む。

これは聖霊術で補強し、一定の条件で術が発動するように聖霊とアージェスの力を結び付けている。だから柵そのものにも神力が宿っている。

「……今までお世話になりました」

亡き養父への断りを入れ、アージェスは鳥かごから神力を取り入れる。聖霊術で支えられていた鳥かごは、一度淡い光を宿した。その光が消えた瞬間、アージェスの手が触れた柵が崩れていく。

腐食したように外れた柵をその場に捨て、他の柵も同じように外していく。

けれどまだ足りない。

だからアージェスは建物から一歩外に出た。すぐに自分の体が神力を取り込もうとして、周囲の草が枯れ始める。でもその方法でも遅すぎるのだ。

「……来なさい」

呼びかけに、一際強い風がアージェスに吹きつけた。

それと共に現れたのは、二つの狂った聖霊だ。

アージェスが空中に手を差し伸べると、引き寄せられてくる。

尾を長く引くぼやけた彗星《すいせい》にも似た黒い靄が、アージェスを覆い尽くそうとしてくる。

けれどその体に触れた場所から、黒い靄はずるずるとアージェスの中に溶けるように消えて行った。

金属質な悲鳴と共に。

ほんの少し冷たくなる感覚が訪れると共に、アージェスの足下の草が枯れるのを止める。

アージェスは満ち足りた感覚を胸に、周囲に残っている聖霊を呼んだ。

「レイラディーナ殿の元へ」

飛び集まってきた白い聖霊達は、尾を揺らめかせながらアージェスを囲むように周《まわ》る。

景色が揺らぎ、するりと水の中を通り抜けた感覚の後、彼は神殿の外へと移動していた。

そこは耕作地が広がる場所だ。街道から枝分かれした支道の一つを進んだ場所だ、とアージェスにはわかる。

人家も遠く、いつもは静かだろうその場所には、異変が起きていた。

道の途中にじわじわと広がるのは、狂った聖霊をいくつも固めたような闇だった。

陽の光の中だからこそ、余計に異様な光景だ。

これは、奈落だ。

「なぜこんなところに奈落が……」

つい先日に王都周辺を見回ったばかりのアージェスは、予想外の光景に顔をしかめる。

しかも奈落に驚いて集まったのだろう、鍬《くわ》を持った農民が数人集まって来ようとしていた。

同時に、王都の方向から馬車が走って来て、そこから神官達が降りてくる。

神官達は聖霊に案内させた上で、馬車でここまで移動してきたのだろう。農民に避難するよう呼びかけ、奈落が広がらないように少し離れた上で術を使おうとしていた。

けれど……レイラの姿はない。

間違いなくここにいたはずだ。だから聖霊がアージェスをここに運んできたはずなのに。

それとも先に保護されたのだろうか。神官に尋ねようとしたアージェスは、そこから離れようとする一台の馬車を見つけた。けれど奈落の近くに接したせいだろう、馬が怯《おび》えてなかなか前に進まないようだ。

レイラは攫われたと聞いた。

聖霊術を扱える彼女がやすやすと捕まるのも不思議だが、薬を使うなど手段は色々あるだろう。けれどこんな王都の外へ移動させようと思ったら、馬車が必要なはずだ。

怪しいと感じたアージェスは、馬車を聖霊術で止めて近づいた。

すると進まないことに焦《じ》れたのだろう、馬車の中から一人の青年が飛び出してきた。

忘れようにも忘れられない。それはレイラに付きまとっていたディアルス王国の貴族青年だった。

「なるほど、あなたですか」

つぶやいたアージェスは、目を細めて薄《うっす》らと笑みを浮かべた。

◇◇◇

レイラは、小さな子供に戻っている夢を見ていた。

幼いレイラは、体を縮めて誰かの家の軒先でうずくまっている。

秋の冷たい雨が降っていて、軒先にいればなんとか濡《ぬ》れずに済んだけれど、冷えて行く空気が体温を奪う。

寒くて、自分を抱きしめても温かくならなくて。

誰か助けてと思った時に、側にやってきたのは白い小鳥の姿をした聖霊だった。

綺麗で可愛い鳥が自分に懐《なつ》く姿に喜んでいると、そんなレイラに「暖かい場所へ行こう」と言ってくれる大人が現れた。

ついて行った先は、確かに暖炉もあって食事ももらえた。毎日のように聖霊術の練習をさせられたけれど、それはかまわなかった。ご飯をもらえるのなら、大人達に言われた通りに「忠誠を誓います」と何度も繰り返させられるのも厭《いと》わない。

けれど寂しい。お父さんが、お母さんがいない。

夢の中のレイラの両親は、どちらも病で死んでしまっていた。レイラはそれをなすすべもなく看取《みと》って、借り家から家主に追い出されて町中をさまよっていたようだ。

もういない人を求めても無理なのだとわかっていたけれど、幼いレイラは抱きしめてくれる腕が恋しかった。

そんなある日、馬車に乗せられて山に囲まれた緑深い土地に移動させられた。

馬車に何日も乗せられている間に、レイラはすべきことを頭に叩き込まれた。

これから行く先で出会う金の髪のおじさんに、懐くように。名前は『五番目』だと言うように。貧乏農家の五番目の子供が、親が病で亡くなったため、家を追い出されてきたのだという物語が、これから自分の来歴になるのだということを。

レイラはその物語を聞いて、病気で亡くなった両親のことと、冷たい雨の中でうずくまっていた日のことを思い出した。

寂しいという気持ちが掘り出された後だったからこそ、金の髪のおじさんが「そうかおまえも一人なのか」とレイラの頭を撫《な》でた時に無性に涙が溢《あふ》れて——。

――はっ、と目が覚めたのはその時だった。

目を開けると、周囲は薄闇の中だった。

近くの木も、道も、見えてもどこか輪郭が曖昧で。

日暮れ時の、何もかもが煙《けむ》るように暗い時間を思わせる光景だ。

いつの間に夜になったんだろう。

考え始めたレイラは、自分が闇に飲み込まれたことを思い出す。

エドワードは、聖霊の声が聞こえる人間が黒い球に触れたら『奈落』を作ってしまうと言っていた。その黒い球にシンシアが触れ、彼女から闇が広がったのだから、あの闇は『奈落』のはずで、飲み込まれたレイラは闇に溶けてなくなってしまうのかと思っていた。

けれどいつまで経《た》っても、何度呼吸しても、自分という存在は消えないようだ。

「奈落って……こういうもの？　奈落に触れるだけでも、形を失うとか、狂ってしまうと聞いたけれど、嘘だったのかしら？」

不思議だったが、それよりもここから出る方法を考えなければならない。

まずは適当に歩いてみる。王都の方へ進んでみたけれど、ある一定まで歩くと、やわらかな綿で押し返されるような感触があって、進めない。おそらくどこへ進んでも同じことになるのだろう。

「聖霊術を使えたら良かったのだけど……」

聖霊に頼めば、空に浮かび上がって暗闇の中から外に出たりもできたはずだ。でも相変わらず、神力を手に集めてみても聖霊が寄って来る気配はない。奈落の中だからだろう。

ため息をついた時、ふとささやき声が聞こえた気がした。

耳を澄ましてみると、断片的な単語をつぶやくやや高い子供の声だとわかる。

《……むい》

《こもりたい》

「これ、もしかして聖霊?」

話し方が、聖霊のものだとしか思えない。

奈落の中に取り込まれた聖霊のものだろうか。声を出せるということは、もしかすると見つけて頼めば、聖霊術が使えるかもしれない。

レイラは声が聞こえる方向へ移動を始めた。

薄らとわかるとはいえ、足下の石などはよく見えない。転ばないようにゆっくりと移動を続けたレイラは、少しずつ聖霊の気配を感じ始めた。

やがて足下にこつんと、石ではない何かが当たる。

しゃがんで手で探ると、両手に収まるほどの柔らかい球体を見つけた。しかも触れると、先ほどから断片的に聞こえていた声がはっきりと認識できるようになる。きっとこれは聖霊なのだろう。

「お願い、ここから出るのを手伝って」

レイラは頼んでみたけれど、球体からは力のない返答が返ってくるばかりだ。

《おきるの、や……》

《とじこもる》

《きえたい……》

しかもその言葉を聞いていると、だんだんとレイラまで落ち込んだ気持ちになっていく。

悲しい、辛い。という気持ちが、心に吹きこまれたように浮かんできた。

どうして私は、こんな場所にいなくてはならないのか。婚約を解消されて、結婚ができなくなって、それでも片想いを胸に生きて行こうとして、聖女を目指したのに。それが悪いとエドワードには笑われて。

自分から婚約者の座を奪ったシンシアは、実は隣国の侵略の手先で。彼女が聖女になる邪魔をしたから消えてしまえだなんて。

「ひどい……」

辛い気持ちが心に溢れてきて、涙が目に浮かびそうになる。

いつの間にか聖霊らしきものから手を離して、レイラはその場にうずくまっていた。

何もかも投げ捨てて、父親が異国の人との結婚話を持ってくるまで、泣き暮らしていたら良かったのだろうか。

そんなのは嫌だ。アージェスと会ってしまった以上、彼のことを想わずにいられなかった。側で見つめているだけでいいと思ったのに、どうして……。

考えれば考えるほど、レイラの気持ちは沈む。そのまま闇に溶けてしまいそうなほど。

「……レイラ」

ふと、聖霊以外の声が聞こえた気がした。

落ち込んでいたレイラは、幻聴だと考えた。誰かが駆け付けてくれるわけがない。たぶんここは奈落の中なのだから。

けれど次は、もっとはっきりと聞こえる。

「レイラディーナ！」

「え……？」

間違いなく自分を呼ぶ声だ。レイラは思わず立ち上がる。

だってその声は、レイラが最も会いたい人のものだった。探さずにはいられなくて周囲を見回す。でも誰も見当たらない。幻聴かもしれないと落ち込んだ瞬間、背後から誰かの腕に捕らえられ、抱きしめられた。

「ひゃっ！」

驚いたレイラに、相手は小さく笑う。

「レイラディーナ殿、私です」

柔らかな声が耳の上をくすぐる。感じる手の温かさに、レイラは泣きたくなるほど安心しながら首を斜めに上向けると、紗を被らずに秀麗な顔を晒したアージェスが見えた。薄暗いせいで輪郭がぼやけているのが、とてももったいない。

「大神官……様？」

「そうですよ。こんな暗い場所に一人で、怖かったでしょう。怪我《けが》はしていませんか？」

薄暗いせいでよく見えないからなのか、レイラのことを確認しようとしたアージェスが、彼女を一度腕の中から離して、頭から肩へ、さらに腕や背中へと触れてくる。

指先が滑る感覚に、レイラは心臓が跳ね飛びそうになる。そのせいで滲《にじ》みそうになっていた涙が引っ込んでしまった。

「け、怪我は何も……。ただここは、奈落と聞いたのですが。どうやって出たらいいのかわからなくて」

「そうですね。確かにここは奈落の中です」

アージェスの答えに、エドワード達が言っていたのは本当だったんだと再確認する。と同時に、そんな奈落の中に来てしまってアージェスは大丈夫なのかと心配になった。側にいてくれるのはとても嬉しいけれど、彼に何かあったらと思うと気が気ではない。

「大神官様は大丈夫なのですか？」

「私は平気ですよ。むしろレイラディーナ殿、あなたの方が危険だったのです」

確かに、この闇が奈落だというのなら、レイラはあっと言う間に消えてしまってもおかしくはなかったはずだ。

「どうして平気なんでしょう？」

首をかしげると、背後にいるアージェスが笑った。振り向けばその笑顔がどこか寂し気で、さらには何かを諦めた雰囲気を感じさせる。

不安になるレイラに彼は言った。

「私と繋がりがあるからですよ」

「繋がり、ですか？」

よく意味がわからなくてレイラが困惑していると、アージェスがレイラから離れていった。

「奈落の中だというのに、まだ枯れていないのですね。珍しい……これでいいでしょう」

アージェスはすぐに戻って来たが、どうやら道端に咲く花を摘んできたようだ。薄暗い中では本来の薄紅の色もわからない花を、レイラに見せるように掲げた。

一瞬後、アージェスの指が触れた花から順に、みるみる萎《しお》れていく。

萎れた茎が折れ、カサリと乾いた音を立てて地面に落ちた。

レイラは異様な光景に目をみはる。

「……こ、れは」

驚くと同時に、以前に見たものを思い出していた。

神殿へやってきた日、悔しくて眠れなかった時に出会った悪魔のことを。

顔もよく見えなかった。声が違ったけれど、何かで口を押さえればくぐもった声にはできる。

いや、この人なら聖霊に声を変えるよう命じることだってできた。

足を止めて、じっとアージェスを見つめる。彼は疲れたような笑みを浮かべた。

「もうおわかりでしょう……申し訳ありませんレイラディーナ殿。私が悪魔なのです」

レイラは自分の予想を肯定されて、何も言えない。

聖霊術は、神が万物に与えた力……神力を使って聖霊を動かし、植物を育むもの。枯らすのは正反対の力だ。だから悪魔とアージェスが同一人物だと思いもしなかった。

どうしてアージェスは、植物を枯らしてしまう能力を持っているのか。

疑問を察したように、アージェスが語り始めた。

「私は、周囲の植物から力を取り込んでしまう性質を持って生まれました。食べ物を摂取するように、体の中に力が足りなくなると、無差別に近くの植物を枯らしてしまう。それを気味悪がられて親に捨てられたのです」

「生まれた時から……？」

「そうです。代わりに強い聖霊術が使えたので、神官になりました」

悪魔に呪われたわけでも何でもないらしい。

そこでレイラは疑問が浮かんだ。

「私に力を与えて下さったのは聖霊術で、ですか?」

アージェスがうなずいた。

「聖霊術が弱い人というのは、神力を取り込む経路が細いのです。聖霊達が、食べ物から神力を効率よく取れるような経路を拡張した上で、一部が私に流れてくる繋がりを作ったのです。代わりに食べる、とおっしゃったでしょう?」

レイラはうなずく。確かにあの時、レイラはそう言った。

「神官長達など、私の事情を知っている者達にもそのことは伝えてあります」

だからレイラの食事のために、神官長達にまで配慮をしてもらえたのだろう。

「鳥かごは……」

「あの説明も、一部を隠していただけで嘘ではありません。周囲の植物を枯らしてしまう前に、人目から隠れるためのものなのです」

話しきったアージェスは、少し安堵《あんど》しているように見えた。隠し事をして、騙《だま》すような形になっていたことを気に病んでいたのかもしれない。

アージェス達が、このことを秘匿《ひとく》するのも無理はない。近くに畑があれば作物を根絶やしにするだろうし、森に行けば恵みをもたらす緑を枯らしてしまうのでは、悪魔として討伐されかねない。

実際、レイラもアージェスのことを悪魔だと思った。

するとさらに疑問が湧《わ》く。

「大神官様は、どうして私に……力を与える、なんておっしゃったのですか？」

夜中に遭遇したあの時、アージェスは自分のことを夢か幻だったと思わせれば良かったはず。何も知らないレイラを騙すのには、それで十分だった。なのにレイラの話に耳を傾けて、願いを叶《かな》えたのだ。

アージェスは「あまり褒められた理由ではありませんよ」と前置きした。

「あの時お話しして下さった内容から、王宮でお会いした時に泣いていた事情を知りました。だからあなたが聖女になれば、王家からの圧力はまずないだろうと……。それに私を悪魔とわかっていても聖女になりたいと願う人の方が、万が一にも秘密を知られた時に、安心だろうと思ったのです」

ただレイラに力を貸しただけではなかったようだ。それを知ったレイラは、当然だと考える。彼は自分の秘密と居場所を守らなくてはならない。

「でもそのせいで、淑女としては辛い思いをさせることになりましたね。……私を悪魔と罵《ののし》って下さってもいいのです」

アージェスの表情は暗い。とても悪いことをしたと思っているようだ。

でもレイラは望みを叶える力をもらえた。目標を見つけて、頑張って来られたのはアージェスのおかげだ。だから思わずつぶやいてしまった。

「悪魔が、大神官様で良かったです」

アージェスが驚いたように、レイラを見つめる。

「なぜ……」

「私、悪魔にお願いをして力をもらったことを知られたら、神殿を追い出されてしまうと思って怖かったんです。それに悪魔のすることですから、いつかひょっこり現れて、食べるだけの代償では足りないからと、命を奪われるんじゃないかと心配していました。でも、大神官様だったのなら、私は悪魔と契約したわけではないのですから、安心ですよね」

レイラは微笑んで見せる。

何より一番不安だったのは、悪魔の力を借りたことを知られた時に、アージェスに嫌われるかもしれないことだった。その心配が要《い》らなくなったレイラは、本当にほっとしていた。

けれどアージェスはいまいち納得できないようだった。

「私は……本当に悪魔と呼ばれていたのですよ？」

「承知しております。先ほども拝見しましたから」

「一つの森を枯らしたこともあります。親に捨てられた後に……」

「大神官様にとって、周囲の神力を取り込むのはお食事と同然なのですよね？　ならば仕方のないことですわ。それに、今はもう森を枯らしてはいないのでしょう？」

その時、アージェスは途方にくれたような表情で、素直にうなずいた。まるで、迷子の子供が家の場所を聞かれた時みたいに。

レイラは心がきゅんと締め付けられる。こんなに自分が悪魔も同然のことをしてきたと主張するのは、怖がられたことでアージェス自身が傷ついてきたからだと思うのだ。それを恐れて色々な対策をしてきたからこそ、レイラの言葉が信じられないのかもしれない。

でもいつか、心の底から信じて欲しいと思う。

「なら、問題ありません」

今のところはそれ以上にアージェスを説得する言葉が思いつかなかった。だからレイラは微笑んだ。自分は怖がっていないということを、信じて欲しくて。

「……ありがとうございます、レイラディーナ殿」

数秒、呆然《ぼうぜん》とレイラを見つめていたアージェスは、我に返ったように礼の言葉を口にして、ようやく少し微笑んでくれた。

「まずはここから出る算段をいたしましょう。今は大丈夫でも、あまり長く奈落にいても良いことはありませんからね」

「そういえば、繋がりがあるから奈落でも大丈夫だったのだとおっしゃいましたが、どういうことなのですか？」

説明を求めると、アージェスはすぐに答えてくれた。

「あなたの中の神力が私に流れ込むのと同時に、あなたにも私の影響が及んでいるのです。そうして私から流れた力が、闇に取り込まれることに反発しているのでしょう」

そこでアージェスがため息をつく。

「にしても、奈落を作るとは……」

困った様子のアージェスに、レイラはふと経緯を説明すべきかと思ったのだが、どうやらおおよそのことは知っているらしい。

「あなたが誘拐されたと聖霊に聞いてここに来た時に、ディアルス王国の貴族青年を見つけましてね。捕縛しておおよそのことは吐かせて来ました。でもあなたの側から知ったことも教えてくれますか？　この奈落は、少し普通のものとは違うようなので」

さぁ、と暗闇の中で頬に手を添えられ、レイラはアージェスの顔を見上げながら話した。

神殿でシンシアと会ったこと。彼女になぜか逃げるように言われた直後に、黒い影の塊みたいなものとエドワードが現れて、シンシアにレイラを捕まえるよう命令したこと。

馬車に乗せられて連れて来られたレイラが聞かされた、ディアルス王国によるエイリス王国侵略の話と、シンシアがその手先だったこと。

そうしてシンシアが聖女になるため、邪魔だったレイラを殺そうとしたエドワードだったけれど、あの黒い球をシンシアが奪って闇に消えてしまったこと……。

色々とありすぎた。説明が長くなりそうだったが、ある程度端折《はしょ》っても、既《すで》にエドワードからおおよそのことを聞いていたアージェスには、わかってもらえたようだ。

「シンシア嬢は、奈落に取り込まれて消えてしまったんでしょうか？　そもそもなぜあれで奈落ができるのか……」

「そもそも、奈落というのは悪魔が作るわけではないのですよ。狂った聖霊が大きくなり過ぎて周囲を巻き込み、他の精霊達も同調してしまって神力の歪みを作るのです。それが闇の姿として目に見えるのですよ」

アージェスはレイラの疑問に答えてくれる。

「正気を失った聖霊というのは、人の心にも影響を与えます。聖霊の声が聞こえる人間は同調してしまい、我を失ってしまう。結果として自分の神力も捧げ尽くして消滅するのです。けれど……」

と、アージェスは一度言葉を切って、足下に転がっていたものを拾い上げた。

先ほど触れた、弾力のある聖霊の声が聞こえる物だ。

「それは……聖霊ですか？」

「この奈落に取り込まれた聖霊ですね。しかし力を失って休眠しただけで、消えていない……。先ほどの花も、まだ枯れていないのがおかしかったのです。もしかしたら核になったシンシア嬢の影響かもしれません。彼女を探しましょう」

レイラの手を引いて歩き出したアージェスについて行きながら、レイラは教えてもらったことを頭の中で反芻する。

色々な疑問が解消されたレイラだったが、一つ不思議なことがあった。

「なぜ大神官様は、奈落の中にいても平気なんでしょう？　あ、強い神力をお持ちだからですか？」

何気ない疑問を口にしただけのつもりだった。

けれどアージェスは、握ったレイラの手に少しだけ力を込めた。

「私が……悪魔と呼ばれている理由を覚えていますか？」

アージェスは神力が足りなくなると、周囲の植物から神力を吸収して枯らしてしまう。

「奈落そっくりでしょう？」

「あ……」

言われてみれば、確かにそうだ。大神官様は悪魔とは違うという考えのせいで、同一のものだとは思いもしなかっただけだ。

「そもそも私が神殿に保護されたのは、奈落のような状態を作っていたからです。幼過ぎて、食べ物を取ることもできない私は神力を取り込んで生きていました。周囲に足りなくなると、寄って来る聖霊を食べていました」

アージェスはそこで息をつく。

「ある意味、私は今でも体の中に奈落を持っているようなものです。だから他の聖霊の奈落とは反発するのでしょう。そんな私のことを……やはり怖いと思いますか？」

アージェスのその言葉が、やや自信なさげで。いつも泰然《たいぜん》としている彼からは想像がつかないほど気弱そうに聞こえたレイラは、急いで慰めて元気づけてあげたくなる。

「あの、びっくりはしましたけれど、怖くないっていうか。ようするに私がお腹が空いてありったけ食べてしまうのと同じことですよね？」

「はい？」

アージェスにびっくりしたような声を出されて、レイラは焦った。おかしなことを言ってしまっただろうか。

「狂った聖霊も、大神官様も神力を食べたくて、周囲から手あたり次第吸収しちゃうわけですよね？　お腹が空いたら何でもいいから食べたくなってしまう時の、私と同じだなと思ったのですが……違いますか？」

問いかけに、アージェスは絶句したかのように答えなかった。けれどしばらくして、くつくつと笑い出す。

「確かに、神力が栄養ですからね。レイラディーナ殿と同じですね」

笑いながら、もう一度ぎゅっとレイラと繋いだ手に力を込めてから、アージェスは言った。

「とりあえずあなたを外へ出しましょう。近くに神官達がいるので、彼らに助けを求めて下さい」

「え、大神官様は？」

振り返ったアージェスは、ゆっくりと首を横に振っていた。

「一緒には無理です。この奈落を消すことは可能ですし、そうするつもりですが……そうすると私の力について知らない者にも、神力を吸収する悪魔と同じ存在だとわかってしまいます。取り込んで消すのが一番の方法ですので」

アージェスや神官長達が隠していたことが露見してしまうのだ。そうなれば、アージェスは悪魔として神殿に追われてしまうことになる。

「奈落をそのままには……できませんよね」

アージェスはうなずく。

「こんなにも王都に近い場所ですから。放置すると神殿の力を疑われて、信頼を失うことになります。そうなれば養父が守って来たものが全て失われます……。それならば、私一人が悪魔にでもなったことにした方がマシです」

だから、とアージェスはレイラに頼んできた。

「神官長に、私は奈落で悪魔になったことにするよう、伝えて下さい。大神官が悪魔になるというのも不祥事には違いありませんが、奈落を放置するよりはいいはずです」

「そんな、嫌です！　大神官様が悪魔として人に追われるだなんて」

思わずアージェスの腕を掴んだレイラに、暗闇の中でアージェスが微笑んだのがわかる。

「追われることはありませんよ。私の存在も消してしまいます。養父と共に私を守って来てくれた神官長達に、私を殺させるような真似はさせたくないですから」

自殺をほのめかしたアージェスに、レイラは悲鳴を上げそうになった。

彼がいなくなるだなんて、とうてい受け入れられない。ずっとアージェスを見つめて生きて行くつもりだったのに。

驚き混乱したレイラは、とっさに言った。

「どうしてもと言うなら、私を悪魔ということにして下さい！　そうしたら、悪魔になった私を大神官様達が監視するという名目で、神殿に閉じ込めて下さればいいんです。どうせ私の評判なんて地に落ちているのですから問題ありません。むしろディアルス王国のせいで悪魔にされたことにしてしまえば、実家にも迷惑がかかりにくくなりますから、そういう形でどうにかできませんか!?」

ただアージェスを死なせたくなくて必死だった。

一方のアージェスは、呆然とした表情でレイラを見つめていた。やがてふっと肩の力が抜けたように穏やかな眼差《まなざ》しになる。

「養父の言葉を……思い出しました。何を知っても、庇い続けてくれる人を大切にしなさいと。養父達以外にもそういう人がいたら……」

途中で言葉を止めたアージェスが、そこでふとあらぬ方向へ顔を向ける。

「どうかなさいましたか？」

「声が……」

レイラにはよくわからない。けれど数秒難しい表情をしていたかと思うと、アージェスはレイラの手を引いて再び歩き出した。

少しずつ進んで行くと、やがて、暗い中でうずくまって倒れている人の姿を見つけた。

「シンシア……？」

彼女は、白くなった水晶の球を手に持ったまま、目を閉じている。

それを見たアージェスが言った。

「これは珍しい……。狂った聖霊が出て行った時に、代わりに水晶の中に彼女の精神が入り込んでしまったのかもしれません。おかげで心が無事で、釣られるように体の形も保持されたのでしょう。聖霊達が完全に消滅していないのも、この影響だと思います」

レイラを庇って自分が奈落を作りだしてしまったシンシア。

彼女のことが忍びなくて、シンシアの肩に触れた時だった。

《お養父様、ごめんなさい……》

シンシアの声が、頭の中に直接聞こえた。まるで聖霊の声を聞き取った時のように。どうも奈落に飲み込まれる前に考えたことを、繰り返し思い出しているようだ。どうして自分を庇ったのか知りたくなったレイラは、つい耳を傾けてしまう。

《でも、聖女になれても……》

その瞬間レイラの心に浮かんだのは、闇の中で目覚める前に見た夢のことだ。

レイラはようやく気づく。

もしかしてあの不可思議な夢は、シンシアの記憶を見ていたのだろうか。孤児だった彼女はディアルス王国で拾われ、間者としてエイリス王国の伯爵家に送り込まれたのだ。

その話とあの夢はとても一致する。

「水晶の中に、シンシア様の心が無事なままあるのなら……出してあげることはできるのでしょうか？　大神官様」

シンシアには複雑な思いがある。彼女がいたから婚約内定が解消されてしまい、レイラは聖女になる道へ進んだのに、それすらも妨害されそうだったのだ。けれど彼女自身の意思でしたことではない。だから最後にレイラを庇ったのだと思うし、エドワードに罪を認めさせるにも、シンシアの証言はとても重要になるはずだ。

「奈落から出せたら……可能かとは思いますが」

「奈落を作りだした聖霊さえ倒せば、どうにかできます？」

シンシアの側に来てようやく、少し離れた場所にゆらゆらと揺らめく濃い闇があることに気づいたのだ。おそらくそれが奈落の核になった狂った聖霊なのだろう。

シンシアの影響なのか、狂った聖霊もまだ眠っているようだ。この聖霊を倒せば……と思ったのだが。

「あれを私が吸収してしまえば奈落は解消できると思います。ただ吸収する途中でこの闇が消えてしまえば、外から私達の姿が見えてしまうと思うのです」

それではダメだ。アージェスが聖霊を取り込むことによって解消すると、彼には悪魔と同じ能力があるとバレてしまう。

「何か他に……吸収以外では、大本の聖霊は水晶などに封じられませんか？」

「かなり力が必要になりますね……。今の私の力だけで足りるかどうか」

アージェスの話を総合すると、やはりアージェスのことを隠すのは難しいようだ。それでも方法を探したい。

「レイラディーナ殿、他にも……問題があるのです」

「言って下さい！　私にできることなら何でもいたしますから！」

レイラが断言すると、アージェスは心配そうな表情になる。

「あなたが心配で」

「……私ですか？」

問い返すと、アージェスは言いにくそうにしながらも話してくれた。

「狂った聖霊以外に、ここには取り込まれて休眠状態になった聖霊がいます。いずれは狂った聖霊に取り込まれて力の一部になっていくのですが、それを先に私が取り込んで、力の足しにするつもりです。ただ、私が聖霊を取り込めば、存在を消すことになるので悲鳴を上げます。

怖いという気持ちもあなたに伝わってしまうでしょう。そんなことを平然と行う私を、嫌ったりしませんか？」

アージェスの言葉に、泣き叫ぶ聖霊の姿を想像してしまったレイラは怖気《おじけ》づいた。けれど、決して彼にはそれを悟られたくなくて、胸を張って言った。

「だだ、大丈夫です！　そんなことぐらいで大神官様を嫌いになったりしません！」

するとアージェスが、花がほころぶかのように綺麗に微笑む。やはりアージェスは笑っている時が一番素敵だ。

でもアージェスも、聖霊の悲鳴を聞けば心を痛めるのだろう。

狂った聖霊はどうしようもないのかもしれない。けれど、先ほど見つけたような聖霊達は狂ったというよりも、休眠している様子だった。そんな聖霊を叩き起こして、消滅させるのかと思うとやはり忍びない気持ちになる。

けれど彼が悪魔のような力を持っていることは、知られるわけにはいかない。だから夜中に出会った時も、アージェスは聖霊術を使って黒い靄で覆い、顔を隠していたのだろう。

「あれ、顔を……隠す？」

レイラの心を、ちょっとした思いつきが過《よぎ》った。そこから想像した作戦を話すと、アージェスも悪くないと言ってくれた。

「できなくはありません。しかし……大丈夫ですか？」

「問題ありません」

きっぱりと言えば、アージェスもそこで心配するのを止めてくれた。

「後は……少し力が足りないかもしれません。もし私を失いたくないと思って下さるなら、これからすることを、全て受け入れてくれますか？」

それを聞いて、レイラが思ったのは「それで解決するなら問題ない」ということだけだった。

「大神官様も無事にここを抜け出せるんですよね？　それならいいです」

レイラの答えに、アージェスが満足そうな笑みを見せた。

「では始めます」

アージェスがゆらゆらと揺れている、奈落の中心となっている狂った聖霊に近づいた。

揺れる狂った聖霊が、アージェスに呼ばれたせいか目覚めたようにぶるぶると震え、ぶわっと闇の範囲を広げた。

濃い闇がアージェスを覆い尽くそうとした。でも彼はその中で平然としていた。空気を吸い込むように、闇がアージェスの中に取り込まれていく。

ただ狂った聖霊は、シンシアの神力や、休眠した聖霊の力をも取り込んで大きくなっていたので、すぐにはアージェスに取り込まれ切らない。

一方で、ふっと自分のお腹に小さな風が吹き込む感覚と共に、レイラは空腹が満たされた気持ちになった。

アージェスが聖霊の神力を取り込み、神力の通路を通じてレイラにもわずかながらに供給してくれているのだ。

力をもらったレイラは、近くに落ちていた休眠した聖霊を抱きしめて神力を与えた。

「目を覚まして、大神官様を助けるために手を貸して……」

レイラの神力が闇の中で白い灯《ともしび》のように光る。

それを吸い込むようにして、聖霊がふっと本来の鳥姿に変わった。寝ぼけ眼《まなこ》ながらも、起きてはいる。

そんな聖霊が三羽ほどになったところで、聖霊がレイラの望みに応えて、腕の中に収まったまま黒い靄を作ってくれる。

その靄の範囲を広げるために、レイラはアージェスから送られてくる神力を使った。

奈落の闇が濃い間は、どうしてもレイラの周囲だけで精いっぱいだった。やがて金属をきしませたような悲鳴が聞こえた。

胸が痛むような声に、腕の中の聖霊達も不安な顔をする。

狂った聖霊の悲鳴なのだろう。

やがて奈落の闇が薄れてくる。とたんにレイラは力を使うことがとても楽になった。奈落が消え去りかけているのだ。

周囲も少しずつ明るくなってきている。レイラは急いで黒い靄を広げた。

レイラとアージェスを取り巻かせたところで、アージェスもまた周囲の聖霊を一羽ずつ目覚めさせていったようだ。

幾羽もの聖霊がレイラの元に舞い降りて、周囲の黒い靄の範囲を広げて行く。それでもレイラから二十歩離れた場所までが限界だった。まだ聖霊術に堪能《たんのう》ではないレイラの力では、これが限界だ。

まだ狂った聖霊の悲鳴は続いている。

アージェスがレイラの側へやってきた。狂った聖霊は消滅してはいなくとも、小さくなった狂った聖霊を右手の上に浮かべて連れて来たので、アージェスに囚《とら》われているようだ。

「やはり仕上げをするには神力が足りないようです。ご協力下さい、レイラディーナ殿」

アージェスはそう言って、レイラの肩を左腕で引き寄せた。

「え？」

レイラは戸惑う。アージェスが術を使う時に、自分から神力が彼に吸い取られてしまうのだろうと予想していただけだったからだ。

なのに今、レイラを正面から抱きしめたアージェスが、頬が触れそうなほどに顔を近づけてささやいてくる。

「迷いなく私を信じて下さるあなたが、好きですよ」

「す……！」

何これ夢なの!?　と叫びそうになったレイラは、次の瞬間にはアージェスに口づけられていた。

少し乾いたアージェスの唇の感触。柔らかさに気を取られているうちに、レイラの意識は薄れて行く。

アージェスに力が流れて行く感覚に襲われたかと思うと、彼の右手に掴まえられていた狂った聖霊が白く色を変えながら膨れ上がった。

まばゆい白光の中、術を維持できなくなったレイラの腕から聖霊達が飛び立ち、黒い靄が一気に消えうせた。

それははたから見れば、闇をふっしょくするように光が現れたように見えただろう。

光が消える前に、アージェスはレイラから顔を離して、力を失った彼女の体を横抱きにした。

薄く開けたレイラの目に、夕暮れに染まる空が見えた。

視線を転じれば、周囲にはアージェスが言った通りに神官達が駆け付けて来ていた。

しかも神官達の背後には、耕作地の持ち主だろう農民や、王都からやってきた兵隊までいる。

今の光景に呆然としているのだろう、彼らは言葉を失ったようにレイラ達を見つめていた。

神官達の間から、いち早く声が上がる。

「奈落が消えた！　大神官様が奈落を浄化したんだ！」

その声に、何が起こったのか理解したのだろう。喜んでいいことだと確信できた神官達が歓声を挙げてアージェスを讃《たた》えると、兵士達も農民達も、流されるようにそういうことだったのかと思ったようだ。笑顔を浮かべて喜び始めた。

レイラはほっとする。

自分が考えた作戦が上手く行ったのだ。

闇を吸収する姿を見せてはいけないのなら、隠してしまえばいい。そう考えたレイラは、自分が聖霊術を使って闇の代わりを作り出し、アージェスが狂った聖霊を正常に戻した上で、神々《こうごう》しく見えるように光を放つ演出をすることを提案したのだ。

そうすれば人々が理想とする『大神官様が奈落を消した』姿に見えるだろうからと。

安心したレイラは、とたんに物を見るのも辛くなって、目を閉じてしまう。そのまま気を失った。

だから翌日になってから、レイラは知ったのだ。

アージェスがキスしたのは、レイラから神力を大量に摂取するためだったことを。

この時、聖霊を食べる形で出てきたわけではないアージェスの姿に、ひっそりと逃亡させる準備を整えていた神官長達がほっとしていたことも。

終章　そして目的は完遂《かんすい》される

突然の奈落の発生に、一時は神殿内も王都も騒然となった。

ただ奈落がすぐに消滅したので、目撃者はそれほど多くはならず、翌日の王都民の噂《うわさ》の種になったくらいで済んだらしい。

そういった話を、翌日目覚めたレイラは、見舞いに訪れた神官長に教えてもらった。

シンシアも、無事にアージェスの手によって目覚めることができたそうだ。彼女の養父オルブライト伯爵も、レイラから事情を聞いていたアージェスが保護してくれていた。

これでシンシアは、ディアルス王国のために動く必要はなくなるはず。

エドワード公子は、神殿で勾留《こうりゅう》している。他国の大使の随行者を引き止めているので、表向きには急病ということにしているらしい。理由が『こっそりと神殿が奈落を消す様を観覧しようとして、巻き込まれて昏睡《こんすい》中』になっていると聞いて、レイラは思わず笑ってしまった。

また、陰謀について様々な裏をとるため、神殿の方で独自に動いているという。そのために神殿は力業で、王家にも事情を伏せているそうだ。

アージェスはそれらの処理に奔走《ほんそう》しているため、その日は会うことができなかった。

国家を乗っ取る陰謀だったのだ。それを処理しようとしたら、忙しくて当たり前だ。

そのため次にアージェスと再会できたのは、二日後の聖女選定の日だった。

神殿の大聖堂には、王族と神殿に多大な寄付をしている貴族、そして聖女候補の家族達が集まっていた。

聖女候補達は、最正装をしていた。

レイラは白いドレスに裾に神殿の紋が美しく刺繍《ししゅう》された緋色《ひいろ》のガウンを羽織り、思いつくかぎりの装飾品を身に着けた。

髪には白いレースのベールを被《かぶ》り、髪飾りや首飾りを加えて華やかさを足していた。

神官長に連れられて中に入ったレイラは、真っ先にアージェスの姿を探してしまった。

白い紗《しゃ》を被ったアージェスは、祭壇の横に立っている。

その姿を見たレイラは、こっそりと自分の唇に、指先で触れた。

まだアージェスの唇の感覚を覚えていた。むしろ大切に記憶に刻んで忘れないように、レイラは何度も反芻《はんすう》した。

レイラが口づけの後で倒れたのは、アージェスが無理に神力を引き出したせいだと、神官長に聞いた。どうやらアージェスは神力を求めてレイラにキスしたようだ。

理由を知ってちょっとだけ落胆したけれど、アージェスはその前に好きだとまで言ってくれたのだ。たとえアージェスの「好き」が、人としての好き嫌いのことでしかなかったとしても、いいとレイラは思っている。この思い出だけでも、十分だ。

とにかく今は、選定に集中しようと前を向いた。

これから聖女候補達は、聖霊術の実演をする。

行うのは、大聖堂という屋内で披露しやすい、花を咲かせる術だ。

水と種が入った器が大聖堂の祭壇前に置かれた台座の上に用意されている。聖女候補は一人一人その前に進み出た。

練習を重ねた上、神官からの助言を受けたため、どの聖女候補も最初の頃より能力が伸びている。茎が伸びたところまでしかできなかった令嬢は、花を一輪咲かせることに成功し、芽を出すのが精いっぱいだった令嬢も、つぼみまではどうにか成長させられるようになっていた。

最初から自分は選ばれないと諦《あきら》めているせいか、彼女達は聖霊術が上達したので素直に喜び、観覧しに来ていた親族に笑顔を見せていた。

やがてシンシアの番になる。

神官長から、昨日遅くに王家へと今回の陰謀について知らせたと聞いていた。それはシンシアにも伝えられたはずだが、とても落ち着いた表情をしていた。シンシアがディアルス王国の間者だったとわかった以上、婚約を解消されるだろうけれど、王子のことは思い切れたのだろうか。

台座の器に近づいたシンシアは、十輪の花を咲かせた。

他の令嬢よりも強い力を見せたからか、聖堂に集まった人々が小さくどよめいた。

けれどレイラには、先日よりも力が弱っているように思えた。でも、彼女が手を抜いたようには感じられない。

疑問には思ったが、自分の番になったのでレイラは前に進み出る。

実は選定の直前に、アージェスからの伝言を受け取っていた。

思いきり目立つように、派手に花を咲かせて欲しいと言われている。おそらく、間違いなくレイラしか選びようがないようにして欲しいのだと思う。

本来なら間諜《かんちょう》だったシンシアを選ぶわけにはいかないが、まだそのことを公表するのかどうかも決まっていない。だから未来の王子妃を差し置いてでも、レイラが選ばれるべきだという状況が必要なのだろう。

シンシアが思ったよりも花を咲かせられなかったので、ここまでする必要があるのかどうかわからなかったが、レイラは考えていた通りにした。

器に近づくと、レイラのためなのだろう、大量の種が入っている。

レイラは周囲に漂う聖霊を呼び寄せるため、手を前に掲げてそこに神力を集めた。

——ありったけの種を、花が咲くまで成長させて、と願いながら。

久しぶりに全力で力を使おうとしたからだろうか。ざっと血の気が引く感覚に、レイラは足がふらつきそうになった。

耐えるためにぎゅっと閉じた目を開けると、目の前の器の上に、薄ピンク色のこんもりとした花の山が現れていた。

さらにその中心から聖霊が飛び出すように羽ばたくと同時に、花びらが舞う。

宙高く風に乗って上昇した花弁は、ややあってはらはらとレイラに、その周囲に舞い落ちて行く。

一瞬の静寂の後、見守っていた人々は大騒ぎを始めた。

「今までの選定で、こんなにすごい聖霊術は見たことがない！」

そんな声も聞こえるので、レイラは思ったよりすごいことをしたようだ。

席を立って周囲の人々と話し出す貴族も多く、あまりの騒ぎにレイラは『もしかしてやりすぎた？』と不安になったが、後の祭りだ。

おかげで、つつがなくレイラが聖女に決定した。

聖堂に来ていたレイラの父カルヴァート侯爵は、喜んでいいのか悲しんでいいのかわからない表情をしていた。聖女に選ばれた以上、レイラはこのまま神殿で暮らすことになるのだから。

けれどレイラの方は望みが叶《かな》ったので、満面の笑みを見せておいた。

一方王族の席は、全員が暗い雰囲気を漂わせていた。顔こそ笑みを浮かべてはいたけれど、内心は複雑だっただろう。

王子と婚約した令嬢は聖女に選ばれなかった上、婚約を解消した娘が聖女に選ばれたのだ。

レイラは笑顔で王族席の国王達に一礼してみせた。

やや引きつった表情の王族の顔を順々に見て、レイラはとても心がすっきりとしたのだった。


選定後は、聖女候補達のお別れの晩餐会《ばんさんかい》が神殿で行われる。

王宮のもののように華やかではないけれど、王族や聖女候補の親族も出席する、盛大なものだ。

聖女候補達は準備のために速やかに移動を始め、神官達もその準備のために早々に大聖堂を後にする者が多かった。

レイラは今しかないと、シンシアを追いかけた。

選定で、花を十輪だけしか咲かせられなかった理由を聞こうと思ったのだ。いつもの彼女なら、花壇一つ分ぐらい咲かせられていたのだから。

レイラは住居にしている棟へと続く回廊で、シンシアを捕まえた。

「シンシア様、お話が……」

声をかけると、尋ねられると予想していたのだろう。シンシアはあまり声が響かない庭寄りの柱の前へ移動して止まってくれた。

「ごめんなさいね、あの、お父様は……」

「大神官様のご厚意で、昨日のうちに会うことができました。積もる話もできましたし。それもこれも大神官様とレイラディーナ様のおかげです」

「あ、話……」

おそらくディアルス王国の間者だったことについてだろう。それに気づいたレイラが思わずうつむきそうになると、シンシアが笑った。

「大丈夫。お父様はわかって下さったの」

「それならどうして選定で、咲かせた花の数が少なかったの？　まさか婚約が駄目になるから……」

落ち込んで、花を咲かせる気力がなかったのだろうか。

シンシアは苦笑いして首を横に振った。

「それは関係ないのです。王家からは、今朝のうちに婚約解消について連絡をいただきました。ただこの醜聞《しゅうぶん》が他の貴族に知られないようにするため、私が聖女になれなかったことを理由にするそうです。オルブライト伯爵家に対しても、遠ざけるだけで済ませると。むしろこれだけで済んでほっとしています。それに、あれが私の実力なんですレイラディーナ様」

「え？」

「あの時はディアルス王国から、神力を増すものを渡されて使っていただけなんです。でなければ、レイラディーナ様のようにはできなかったんです」

シンシアの強い聖霊術の正体は、神力を増強したからこそできたものだったらしい。

「でも、これで王家も私と婚約を解消する表向きの理由ができて、ほっとしていると思います。聖女候補に名乗りを上げておきながら、聖女になれない女とは婚約を解消したいはずですし、けれど一度レイラディーナ様との婚約を破談にしていますから、すぐに手を切るわけにはいかなかったでしょうし」

レイラは心が痛んだ。

自分も婚約を解消された身だけど、ルウェイン王子はほとんど交流もしなかった相手だった。けれどシンシアは、あれだけ傷ついていたのだから……ルウェイン王子のことを好きだと感じていただろう。なのに捨てられるだなんて。

シンシアになにかできないだろうか、と思ったその時だった。

「シンシア・オルブライト」

名前を呼び、回廊の入り口から靴音を立てて歩いてくるのは、ルウェインだ。

レイラは反射的に柱の陰に隠れ、シンシアはレイラに遠慮して彼の方へ進み出る。他に人がいないからだろう、二人はそのまま回廊の中央で話を始めた。

「王家や俺を騙《だま》すとは。とんでもない女だな」

「申し訳ございません……」

侵略に手を貸そうとしていた負い目があるシンシアは、硬い表情のまま謝った。

二人の婚約は、弟である第二王子よりも上の名声を求めたルウェインがシンシアに目をつけたからだ。聖霊術を使える王子妃がいれば、神殿にも強く出られるからと、国王も諸手《もろて》を挙げて賛同した結果だ。

でも強い聖霊術が扱えるのに、神殿には行こうとしなかった彼女を疑いもしなかったのはルウェイン達なのに、シンシアだけを悪く言うのはひどいと、レイラは思う。

ただ婚約者同士の会話なのだから、自分が出る幕ではないと自制していたのだが。

「王家の顔に泥を塗ったあげく、俺はまたしても婚約を解消しなくてはならない。落ちた評判をどう償う気だ」

「それは……」

「正直、聖女になれなかったからという理由では生ぬるい。聖女にしようとした王家にも、非があるように見える。だからお前は、誰かと浮気をしたことにしろ」

……は？　とレイラは声を上げそうになった。

まさかルウェイン王子は、自分が被害者だと印象づけるために、わざとシンシアに悪評をたてろと言ったのだろうか。

レイラが耳を疑っている間、シンシアも目を丸くして驚いていた。

「え、あの……浮気？」

「都合の良い奴ならいるだろう。神殿に勾留されている、お前と繋《つな》がりがあったディアルス王国の公子。あいつと通じていたことにしたらいいだろう？　今からでも証拠と目撃者を作るぞ。お前も知り合いの方がいいだろうし、そのままディアルスへ帰ればいいんだ。来い」

ルウェインがシンシアの手首を掴《つか》んだ。そのまま連れて行こうとする。

どこへ行くの？　本当にエドワードのところへ連れて行くのか？　とレイラは混乱した。でも会わせただけでは、証拠になんてならない。だけど抵抗するシンシアを、ルウェインは引きずって行こうとする。

「おやめ下さい殿下！」

シンシアは必死に手から逃れようとする。当たり前だ。もしそんな不誠実な噂が立ってしまったら、養父に迷惑をかけることになる。

しかも、シンシアの方は婚約を解消された令嬢として不名誉を被《こうむ》ったのに、さらに浮気だと思わせるだなんて。

「ひどい……」

レイラの頭の中に、婚約披露会で周囲から悪口を言われた時のことが蘇《よみがえ》る。

そうか、これがルウェイン自身のやり口なのだ。婚約のことを触れて回っていたのは王子ではなかったかもしれない。けれど、レイラのせいだと言うよう、人を扇動したのはルウェインだったのだ。でなければ、真っ先にレイラのことだけを皆が悪く言い始めるのは、おかしいではないか。

ルウェインは自分を守るために、同じ手を使おうとしている。そう思ったら怒りが湧《わ》き上がった。

扇子を持っていたなら、ルウェインに投げつけていただろう。

けれど手には何もない。それに聖霊術を使ったら誤魔化《ごまか》しようのない怪我を負わせてしまい、神殿に迷惑がかかる。

だからレイラは横から割って入ってシンシアをルウェインから引き離し、ルウェインの頬を張り飛ばした。

「なっ……！」

「レイラディーナ様!?」

叩《たた》かれたルウェインは突然のことに目を丸くしていた。

シンシアの方はレイラがそんな行動に出るとは思わなかったのだろう。驚いて身動きもできないでいる。

怒りのあまりルウェインの頬を叩いたレイラは、どうせならこのまま今までの悔しさを解消してしまおうと、逆に腹が決まった。

「あらすみません。つい手が滑ってしまって。虫が見えたものですから」

「む、虫!?」

よもや堂々と叩いておきながら、虫がいたからと言い訳するとは思わなかったらしく、ルウェインは度肝を抜かれたようだったが、すぐに我に返った。

「虫などいなかっただろうが！　王族を叩いておきながら、何を……っ⁉」

「やだ。とてもご優秀な王子殿下が、女性が少し手を滑らせたくらいで目くじらを立てるなんて、器が小さいことをなさいませんわよね？」

言い返せなくなる王子に、レイラはさらに嫌がらせをしようと畳みかけるように宣言した。

「ところで、シンシア様と婚約を解消して下さってありがとうございます。シンシア様はぜひ神殿でいただきたかったの」

「は？」

「奈落の中にいても耐え抜いた、たぐいまれな人ですもの。神殿にとってなくてはならない存在ですわ。だから神官に勧誘したいと思っておりますの」

実際、彼女を神官に勧誘するつもりだと、神官長も言っていた。

このまま伯爵家の領地に戻れば、彼女自身にディアルスからの刺客が送り込まれる可能性もある。なにせ彼女は、ディアルス王国の陰謀に関わる情報を持っている人だ。神殿にいる方が安全だろう。

あと、神殿は本当にシンシアの聖霊術の力の強さを惜しいと思っているらしい。だからここでそういうことだと言ってしまっても構わないとレイラは判断した。

「だから殿下との結婚は、そういう理由で断ってはどうかと、シンシア様にお話ししようとしていたんですの。不義の話など作らなくても、綺麗に収まるでしょう？」

シンシアは神官を志し、だからこそ王家の花嫁にはなれないと断る。そしてルウェインはそれを認め、静かに手を離したことにすればいいのだ。これならお互いの名前に最も傷がつかない。

レイラはそんなやり方も考えつかなかったのかと、暗にルウェインを揶揄《やゆ》した。

最初はレイラの言葉を聞いて驚いていたシンシアも、レイラの意図を察したのだろう。すっきりした表情になる。

「私もこんな事態にならなければ、神殿で神に仕える道を選びたいと思っておりました。殿下との婚約が解消されて、とても嬉《うれ》しいですわ」

「あら、解消を喜ばれるだなんて、くっくくく。お気の毒ですわね」

シンシアが応じて口にした言葉に、レイラはおかしくなって笑ってしまう。

それがルウェインを激昂《げっこう》させてしまったようだ。

「ふざけるなっ！　お前達のせいで俺はっ！」

ルウェインが手を上げた。

叩かれる。そう気づいたレイラだったけれど、避けることもできず、聖霊術も使わずにただ顔を背《そむ》けて衝撃が来るのを待った。

けれど、ルウェインが何かに弾《はじ》かれるようにして、その場に尻もちをついた。

「我が神殿の聖女に、無礼な振る舞いは許しませんよ、殿下」

「いっ、痛い、痛い！」

ゆっくりと回廊を歩いてきたのは、アージェスだ。彼はそのまま、レイラを庇《かば》うような位置に立って足を止めた。

「彼女に暴言を吐くのなら、私も神殿も、容赦はしませんよ」

怯《おび》えた表情になったルウェインを、アージェスは冷たい目で見下ろす。

「そもそも、非力な女性の手が当たった程度で怒るなど、嘆かわしい限りです。このまま引かないようであれば、国王陛下には我慢が足りない方のようだと、お話しせねばなりませんね。きっと王位継承にも、支障が出ることでしょう。神殿の聖女に手を出したことを、存分に悔やんでいただきますよ」

「……くっ、失礼する！」

アージェスの言葉に、この場だけでは済まない事態に陥《おちい》るのを恐れたのだろう。ルウェインは悔しそうな顔をしながらも、その場から急いで立ち去った。

レイラはほっとする。

頬を叩いたのはとっさのことで、その後も勢いで行動してしまった。どう収めるのかなど考えてもいなかったので、アージェスがいてくれてとても助かった。

「大神官様、ありがとうございました」

「いいえ。神殿として普通の対応をしただけですよ。それより手は大丈夫ですか？」

アージェスはレイラの右手を持ち上げて、じっと見つめる。ルウェインを叩いたせいでレイラが手を痛めたのではないかと思ったようだ。

けれど、そんなに至近で見つめなくてもいいと思う上、もう一方の手で撫《な》でることは必要だろうか。しかも側《そば》にはまだシンシアがいるのだ。

レイラがうろたえながら気にしていると、アージェスがシンシアに言った。

「あなたも無事で良かった。先ほどレイラディーナ殿が言っていた神官になる件は、私からも正式に要請したいと思っています。考えておいて下さい」

水を向けられて、シンシアもここから逃れる口実を得たようだ。

「あの、ありがとうございます。では私、父と話し合って参りますのでお先に……」

やや顔を赤くしたシンシアは、ぱたぱたとその場を離れてしまう。

するとアージェスが「ようやく二人きりになれましたね」と言い出した。

二人きりという言葉に、レイラは自分の頭の中が茹《ゆ》だっていく気がした。久しぶりにアージェスと向かい合えたのは嬉しいけれど、やはり先日キスされたことを思い出してしまうのだ。

そんなレイラに、アージェスは微笑《ほほえ》んだ。

「聖女就任おめでとうございます。これで、ずっと私の側にいてもらえるようになりましたね」

ずっと側に、と言われてレイラは気恥ずかしいながらも、深い満足を感じた。

アージェスの側にいたくて、今までがんばってきたのだ。思いがけなく国家の陰謀に巻き込まれて危機に陥ったりもしたからこそ、感慨深かった。

「ただ一つ、もしかするとレイラディーナ殿が悩むかもしれない話がありまして」

「はい？」

聖女になれたと思ったけれど、まさかどこかから横槍《よこやり》が入ったのだろうか。不安になるレイラに、アージェスが微笑む。

「先ほどの聖霊術が今までに例がないほどに見事で。ぜひ力の強いあなたに、聖女として長く在位して欲しいという声が寄せられているのです」

レイラは精いっぱいやりすぎたらしい。

この世界の人は、いつだって奈落や災害に怯えている。神殿も万能ではないから、広範囲の大災害は抑えきれないこともあるし、いつでも人手は足りていない。だから強い聖霊術が扱える聖女がいるなら、ずっと神殿にいて助けて欲しいと思ってしまうのだろう。

「事情を知らない神官は興奮状態で、三年と言わずに生涯神殿にいて欲しいと言い出しております。レイラディーナ殿に負い目がある国王陛下も、格上の聖女としてレイラディーナ殿を扱ってもいいのではないかとおっしゃっていましたよ」

「生涯ですか⁉」

嬉しさのあまりに思わず声を上げてしまった。アージェスの側に、一生いられる権利を得たのだ。

夢が……叶った。

両手を上げて叫びたいほどだ。だけど淑女としてはしたないから思いとどまったのだけれど、それを勘違いしてしまったのだろう、アージェスが不安そうな表情をした。

「やはり生涯というのは難しいですよね……。それに、ずっと沢山《たくさん》の食べ物を口にし続けるのは辛いでしょう？　早く戻りたいとお思いですよね？」

そう言われると、レイラは違うとは言いにくい。

大食いだけは、いつか止《や》められればいいと思う。さすがに思う相手の前でシチューを五人前たいらげるのは恥ずかしいし、褒められても心の隅でどこか不安になってしまう。

でもアージェスの側を離れるよりはずっといい。

「確かに大食いということは誰にも知られたくはありません。でも、ご安心下さい。私はずっと大神官様の力の供給源となる覚悟はありますので！」

言ってからレイラは顔が熱くなる。一生側にいたいと、告白したも同然の言葉だ。そのままの意味で受け取ってくれたらいいけれど、そこにある恋愛感情を察して、嫌がられたらどうしようかと思う。

ちらっとアージェスの表情をうかがえば、彼は穏やかに微笑み続けていた。どうやら、不愉快には思わなかったようだ。

「そうして下さるとありがたいのですが……。問題とはそれに関したものなのです」

「え、何ですか？」

首をかしげたレイラに、アージェスは困った表情で切り出した。

「実はあなたのお父上に、娘が結婚できなくなると嘆かれまして」

「……お父様ったら」

父が心配するのもわかる。一般的に娘には頼れる男性と結婚して欲しいし、親としてもその方が安心できるのだろう。けれど娘は、当初の目的通りにアージェスの側にいる権利を勝ち取って、結婚しなくても名誉が保てることになったのだ。

喜んで欲しいけれど、すぐには難しいかとため息をつきかけたレイラに、アージェスが妙なことを言い出した。

「なので、一年後くらいには、あなたのお父上を安心させられる状況を作るべきかと考えております」

アージェスの言葉の意味を考えたレイラは、数秒後にはっとして、胃が重くなる。

もしかして、アージェスが一年後までに結婚相手を見繕《みつくろ》ってくれるのだろうか。聖女でいられるように、事情を知る神官から選ぶとか？

それは嫌だ、と思った。だからレイラは結婚したくないと言いかけたのだが。

「ですから、私と結婚しませんか？」

続く言葉に、レイラは耳を疑った。

信じられない。片想いをし続けようと思い、決して振り返らないだろうと思った憧れの人が結婚しようと言ってくれたのだ。

（これ、夢？　私もしかして都合のいい夢でも見てるの？）

レイラは頬をつねりたかったが、じっと見つめられている状態ではそれもできない。頭の中で右往左往した末に、レイラははっと気づいた。

確かに好きだと言ってもらったものの、アージェスは子供かペットのつもりで頬に口づけるような人だ。本当にレイラが好きなのだろうか。他の女性と違ってレイラは力の供給のために、都合がいいと思われているだけかもしれない。

でもレイラもルウェインとの婚約の件でわかっているのだ。自分だけが好きだと感じても、相手が本当にレイラを好きになってくれていなければ、結婚の約束をしたって不幸になる可能性がある。

それぐらいなら、聖女という仕事仲間のままでいた方がいい。

後ろ向きに考えたレイラは、恐る恐るアージェスに考え直すように告げた。

「もしかして、秘密を知った私が逃げないように……とかですか？　私は結婚までしなくても、ずっと大神官様に協力したいと思いますし……」

するとアージェスがため息をついた。

「困りましたね。先日告白したつもりだったので、わかって下さっているのかと思ったのですが」

「告白って、あの、奈落の中でのこと……ですか?」

確かに好きだとは言われた。

でも男女問わずの、人間として好きとか嫌い、という話ではなかったのだろうか。

「あなたは、私のことをどれだけ知っても嫌わずにいて下さいました」

「それは、神官長様達も同じです」

レイラだけが特別なわけではないと思うのだ。

今まで迷惑をかけないように、アージェスが自分のことを好きなわけがないと思い込んでしまっていたせいか、レイラはアージェスの言葉を素直に受け取れずにいた。

「では、別な言い方をしましょう」

「ひゃっ」

アージェスは握っていたレイラの手を引いて、自分の腕の中に抱え込む。

「初めて人が物を食べている姿を、眺めていたいと思わせてくれました。それどころか、食べさせるのが楽しかったのはあなただけです」

言いながらアージェスが、レイラの前髪に口づけた。

レイラは顔が熱くてたまらなくなる。

「初めて誰かに贈り物をされているのが、嫌だと思った女性はあなたです。早く自分が首輪をつけてしまわなくてはと、焦《あせ》らされるとは思わなかった」

「首輪っ!?」

それはやっぱりペット扱いではないのかと、驚いて思わず身をよじる。でもアージェスにもっときつく拘束されただけだった。

「それだけ、あなたに離れられたくなかったのです。例の事情を最初から打ち明けられなかったのも、あなたに嫌われたくないせいでした」

「大神官様……」

嫌われたくないから言えない。その気持ちはレイラにもよくわかる。自分も婚約解消された娘だなんて、アージェスに知られたくはなかった。知られた後でも、アージェスが変わらずに接してくれて、レイラはとても救われた気持ちになったのだ。

納得して大人《おとな》しくなったレイラに、アージェスは微笑む。

「それどころか、悪魔として追われても一緒にいて下さると言った。そんな人のことを、好きにならずにいられると思いますか？　……だから私を、好きだと言って下さい。そして私のために一生食べ続けて下さいませんか？」

手を添えて顔を上向けさせられたレイラは、近づくアージェスの顔に慌てた。

じわじわと接近されると、今まで不意打ちのように頬や唇に口づけられた時よりも、はるかに緊張して、どうしたらいいのかわからなくなってしまう。

頭が真っ白になりかけながら、レイラは答えていた。

「す、好きです。ずっと大神官様をお慕いして……」

「アージェスと呼んで下さい。もう大神官などと役職で呼ばないで下さい」

「アージェス様。私……」

改めて好きだと言いかけたレイラだったけれど、アージェスが唇を重ねてきたことで、言葉が途切れた。

思いが通じ合ったのだと幸せな気持ちになったレイラは、ふわふわとした気持ちのまま……意識を失った。


「これはいけない」

足まで力を失ったレイラが倒れそうになり、アージェスは彼女を横抱きにした。

そうしてアージェスは、自主的に自分の鳥かごへと戻った。

今日はいつもよりも、外部の人間が神殿に出入りしているのだ。気絶させたレイラを抱えている姿を見られて、彼女が後ろ指をさされてはいけない。

一迅社文庫アイリス 4月のご案内

IRIS ICHIJINSHA

毎月20日頃発売!! 少女向け新感覚ノベル

公式Twitter iris_ichijinsha

超絶美形な大神官様のために、
私、聖女目指します!!
恋に落ちた面食い令嬢の
神殿ラブコメディ♥
神殿ラブコメディ
『鳥かごの大神官さまと侯爵令嬢』
著者:佐槻奏多《さつきかなた》　イラスト:増田メグミ
ある日突然、王子との婚約内定が取り消しになってしまった侯爵令嬢のレイラディーナ。ただでさえ落ち込んでいたのに、さらにいわれない非難を浴び、これから先の婚約も望めなくなってしまった。彼女は人生に絶望していたけれど……。
文庫判／定価:本体638円+税

地味なわたしに、なんで王子が絡んでくるの!?
男だらけの騎士団で未来を拓く、
地味系乙女のラブファンタジー!
騎士団ラブファンタジー
文庫判／定価:本体638円+税
『双翼の王獣騎士団 狼王子と氷の貴公子』
著者:瑞山いつき　イラスト:ミヤジマハル
地味顔だし何かに優れているわけじゃない。王都へ行った義兄は自分のせいで帰ってこないし――。と悩みをつのらせていた辺境伯公女エリカはある日、領地に出現した魔物のせいで窮地に陥ってしまった! そのとき、王獣騎士団が現れて!?

IRIS ICHIJINSHA 一迅社文庫アイリス

2017年5月刊　5月20日(土)発売予定!

『乙女ゲームの破滅フラグしかない悪役令嬢に転生してしまった…5』(転生ラブコメディ)
著者:山口 悟　イラスト:ひだかなみ
乙女ゲームの悪役令嬢カタリナに転生した私。バッドエンドを回避しようとした結果、素敵な仲間たちができました！　大人気作第5弾はカタリナたちの日々を綴った物語&コミック大増量でお届けします★

『恋人に捨てられたので、皇子様に逆告白しました(仮)』(ラブファンタジー)
著者:森崎朝香　イラスト:山下ナナオ
恋人に振られたショックから、勢いのまま海辺で偶然出会った美青年に交際を申し込んでしまったシーナ。彼は、宝石を食べて生きている人外の存在――海皇の一族の青年で……!?

第6回New-Generationアイリス少女小説大賞作品大募集!!

一迅社文庫アイリスは、10代中心の少女に向けたエンターテイメント作品を募集します。
ファンタジー、時代風小説、ミステリー、SF、百合など、皆様からの新しい感性と意欲に溢れた作品をお待ちしています！
詳しい応募内容は、文庫に掲載されているNew-Generationアイリス少女小説大賞募集ページを見てね！

表彰・賞金
金賞　賞金100万円＋受賞作刊行
銀賞　賞金20万円＋受賞作刊行
銅賞　賞金5万円＋担当編集付き

第6回New-Generationアイリス少女小説大賞締め切り　2017年8月31日(当日消印有効)

※選考に関するお問い合わせ・質問には一切応じかねます。※受賞作品については、小社発行物・媒体にて発表いたします。

一迅社文庫アイリス 既刊絶賛発売中!!

『侍女ですが恋されなければ窮地です2』
著者:倉下 青
イラスト:椎名咲月
定価:本体638円+税

『転生乙女は恋なんかしない ～三角関係ご遠慮します!!～』
著者:小野上明夜
イラスト:松本テマリ
定価:本体619円+税

『お守り屋なのに、私の運が悪すぎて騎士に護衛されてます。』
著者:黒湖クロコ
イラスト:Shabon
定価:本体638円+税

『旦那様の頭が獣なのはどうも私のせいらしい2』
著者:紫月恵里
イラスト:凪 かすみ
定価:本体638円+税

『お嬢様と執事見習いの尋常ならざる関係』
著者:梨沙
イラスト:カズアキ
定価:本体638円+税

株式会社一迅社　http://www.ichijinsha.co.jp/
〒160-0022 東京都新宿区新宿2-5-10 成信ビル8F　Tel.03-5312-6150(販売部)　Tel.03-5312-7432(編集部)

自分の聖霊術を使って移動したそこには、先日アージェスが壊した後で、形だけ元に戻した鳥かごがあった。隠すために覆う布は取り去ったけれど、広い部屋の中に据えられた鳥かごは、部屋の中に作られた檻《おり》のようにも見える。

「今度から神力を奪わないようにする練習もしなくては。逃げられないようにするには、とても便利そうなのですがね」

つぶやきながら、アージェスは鳥かごの中にある椅子に座ったまま、レイラの顔を眺める。

彼女はやや、微笑むようにして眠っていた。

眠る直前にアージェスから与えられた言葉を、気に入ってくれたのだろう。

アージェスは満足げに微笑んだのだった。

鳥かごの大神官さまと侯爵令嬢　番外編

Priest of the Bird cage & Miss marquis. Extra edition.

番外編　二人だけのお祝い

「レイラディーナ様、おめでとうございます」

聖女候補達のお別れの晩餐会《ばんさんかい》は、和やかに進行していた。

合間に、一緒に神殿で過ごした聖女候補の令嬢達が挨拶《あいさつ》に来てくれた。

彼女達は聖女という箔《はく》を手に入れられないまま、家に帰ることになる。厳しい婚活のことを思うと、レイラは出来る限りの手伝いをしたいと思って言った。

「ありがとうございます。私が聖女である間は、出来る限りのお返しをしたいわ。何かあったら知らせて下さいね」

そう言うと、彼女達はみんな「大丈夫ですよ。でも聖女様はお友達だって自慢させてもらいますから」と笑ってくれる。

彼女達が自分の席に戻っていくと、レイラはさっそく食事を口に詰め込む。

寄付金とある程度の農業を営んでいる収入で成り立つ神殿では、料理はそれほど豪勢なものではない。でもアージェスの事情で食用花が多くつくられているせいか、質素ながらに見た目はとても華やかだ。

レイラにとっても、花弁がいっぱいの食事はありがたかった。花には他のものより、神力が多く含まれている。ほんの一時間前にアージェスに神力を奪われて、けっこうお腹《なか》が空《す》いていたレイラは、急いで空腹を解消したかったのだ。

でもアージェスの神力の奪い方を思い出してしまうと、つい上の空で食べてしまう。気づけば、あっという間に目の前の食事を綺麗に平らげてしまっていた。

「はっ……」

いけない、とレイラは緊張した。これでは周囲に大食いだとバレてしまう。

周囲に視線を走らせるが、レイラの食欲に驚いている人はいない。レイラは胸を撫《な》で下ろした。

これ以上がっつくわけにはいかないからと、ナイフとフォークから手を離す。でもまだ食べたい。足りない。

同時にこんな状態になった原因を思い出すと、叫んで走り回りたくなり、思わず足をばたばたさせてしまう。――だって、アージェスにキスをされたのだ。

「く、くぅ……」

こらえるのよレイラディーナ。そう自分に言い聞かせる。

せっかく聖女になれたのに、奇行に走ったら、変な女はさすがに……ということで聖女の地位から降ろされてしまうかもしれない。

空腹も我慢すべきだ。これ以上食べては、レイラの品位が著しく下がる。

だからレイラは我慢した。

神官長の挨拶が始まり、晩餐会の閉会に際しての国王の話が終わるまで、じっと待った。その二つが終わると、ようやく解散だ。

王都の邸宅に一人で戻るだなんてと、泣きそうな顔をした父侯爵をなだめた後、レイラは急いで部屋へ戻ろうとした。けれど。

「新しい聖女様は、お話がありますのでこちらへ」

そう言って、神官長に続きの控えの間に招かれる。

何か重要な話があるのかしらと思ったレイラは、素直にそれに従った。それに事情を知っている神官長なら、お腹が空いてしまったことを正直に言えばいい。そうしたら話の前に何かを食べる許可をもらえるだろう。

結果的に、レイラは神官長に頼み事をする必要すらなかった。

控えの間に入れば、テーブルに沢山《たくさん》のケーキや花弁を閉じ込めたムースにゼリーが置いてあったのだ。

「これは……これは！」

お腹が空いているレイラには、天国のような光景だった。

喜びと空腹が満たされるという安心感に、思わず目が潤《うる》みそうになった。

レイラは両手を握りしめて、神官長に食べていいのか許可をもらおうと振り向いた。ちょうどそこで、アージェスが入室してきて扉を閉めた。

「神官長、手配していただいてありがとうございます」

アージェスの言葉に、このケーキを用意したらしい神官長が好々爺《こうこうや》の笑みで応じた。

「いえいえ。こんなことで大神官様のお力になれるのならば、いくらでも。レイラディーナ殿も、足りないようでしたらそこのベルを鳴らして下さい。それでは邪魔者は退散しますかな」

そう言って、神官長は部屋を出て行ってしまう。

神官長の言葉で、レイラは急に緊張してきた。

（そうだわ。私……大神官様と二人きり……）

片想いをしていた頃は、アージェスに嫌がられないようにすることが大事だった。嫌われたら、会って話をしてくれなくなると思っていたから。でも今は違う。

アージェスが、求婚までしてくれたのだ。

それを考えると、事情を隠すためとはいえ部屋の中に二人しかいないことを、急に意識してしまう。

いつも通りにしていないと、と思うのに、席につくのもためらわれる。

「さあレイラディーナ殿、座って食べて下さい。部屋に戻るのが遅くなり過ぎてもいけませんからね」

「はい……大神官様」

でもアージェスはいつも通りに食事を勧めて、自分も席についてしまう。

妙に意識していたのは、自分だけだったのかもしれない。少しだけ、期待が外れたような寂《さみ》しさを感じながらも、レイラは席に座ってフォークを手に取る。

「では遠慮なくいただきます、大神官様」

「どうぞ」

いただきますと言う前に、アージェスが小さく切ったケーキを差し出してきた。

「え……あの」

あきらかに、レイラに食べさせようとしているアージェスの行動に、レイラはおろおろとしてしまう。

前はペット扱いだと思っていたので、食欲に忠実に従ってしまっていた。けれど今は……恋人同士になったのだ。

(恋人というか、婚約者ということよね？)

アージェスに恋愛感情があると思うと、気恥ずかしくなったのだ。今更かもしれないが、大きく口を開けてケーキをほおばる姿も、見せたくない。

レイラがまごついていると、アージェスが少し悲しそうな表情になった。

「もしかしてレイラディーナ殿は……私と結婚するのが嫌でしたか？」

「ええっ⁉」

嬉《うれ》しいって言ったし、ちゃんと喜んだつもりだったので、そんなことを言われたレイラは驚いてしまう。

「嫌だなんて思ってません、大神官様！」

「しかしこうして食べさせることにも、乗り気ではないのでしょう？　私などに恋愛感情を持たれて、迷惑だったのでは？　それに先ほどは……私があなたの気持ちを押し流してうなずいてくれるようにしたことを、反省しているのです」

そう言ってフォークを置いたアージェスは、不安そうにレイラを見る。

「断って下さっても……かまいません。私は変わらずレイラディーナ殿を聖女として遇し続けますので」

そう言いながらも、アージェスの顔はどんどん下を向いていく。

「待って下さい！　私、ちゃんと大神官様のこと好きです！　け、結婚のことだって本当に嬉しいんです！　結婚して下さる相手ができるだなんて思ってもいなかったし、ずっと大神官様のことお慕《した》いしていましたし……」

「それなら」

アージェスが少し顔を近づけてくる。

「出来る限り名前で呼んでいただけませんか？　お願いしたのに、もう大神官と呼ぶので……。やっぱり私から離れたくなったのではと思ったのです」

レイラはハッとする。

役職に呼び方を戻したせいで、アージェスはレイラが親しい関係になることについて、思い直したのだと考えてしまったのだろう。

「これは違うのです。今までずっと大神官様とお呼びしていたので、どうしても習慣が抜けなくて」

「ではもう一度、名前を呼んでくれますか？　二人だけの時だけでいいんです」

アージェスは手を伸ばして、レイラの頬に触れる。

指先で撫でられることで促されて、レイラは口を開いた。

「アージェス様……」

「よく出来ました」

アージェスはにっこりと笑みを浮かべてレイラの頬から手を離し、再びケーキを刺したフォークを掴んだ。

「ではこちらも、受け入れていただけますね？」

どうあってもアージェスは、レイラに食べさせたいらしい。

「あの、でも自分で……」

「私が楽しいのですよ。我がままを、聞いて下さいませんか？」

じっと見つめられてそう言われると、レイラはもううなずくしかない。

いつものように口を開けて、アージェスにケーキを食べさせてもらう。

甘いクリームとスポンジ、果物の酸味を味わいながら、レイラは考える。

食べさせるのが好きなのだとしたら、アージェスはずっとレイラにこれを続けるつもりなのだろうか？

ちらっとアージェスの様子を伺《うかが》えば、アージェスはもうひと口欲しいのだと思ってしまったらしい。再びケーキをフォークで運びながら、彼は言った。

「食べてくれるあなたはとても可愛《かわい》らしいですね。だからこそ、私以外の人の手からは決して食べてはいけませんからね？」

そう言って微笑《ほほえ》む姿からすると、しばらくはアージェスが飽きることはなさそうだ、という予感がしたレイラだった。

あとがき

本書をお手に取って頂いてありがとうございます！　佐槻奏多です。

今回のお話は、婚約破棄されて結婚を諦めた主人公が、片想い相手の側にいたいがために聖女を目指し、足りない力を補うために悪魔の力を借りたら、とても大食いになるという腹ペコ主人公のお話でした。ネット上に掲載していたお話ですが、文章量が少なかったもので二倍以上加筆した上、後日談の番外編を加えております。

今回も書籍の御礼の小話を『小説家になろう』さんのページにて公開いたします。

書籍化は絵を描いていただけるので、とても嬉しいです！　主人公レイラも、ヒーローも素敵に描いて下さった増田メグミ様、ありがとうございます！

そしてこの本を出版するにあたり、大変ご尽力頂きました編集様。そして校正様、印刷所の方々など、沢山の方の手を借りて出版させて頂けたことをありがたく感じております。最後に、この本を選んで下さった皆様に御礼を申し上げます。

佐槻　奏多

鳥《とり》かごの大神官《だいしんかん》さまと侯爵令嬢《こうしゃくれいじょう》

2017年5月1日　初版発行

初出……「鳥かごの大神官さまと侯爵令嬢」
小説投稿サイト「小説家になろう」で掲載

著　者■佐槻奏多
発行者■杉野庸介
発行所■株式会社一迅社
〒160-0022
東京都新宿区新宿2-5-10
成信ビル8F
電話03-5312-7432（編集）
電話03-5312-6150（販売）

印刷所・製本■大日本印刷株式会社
DTP■株式会社三協美術

装　幀■今村奈緒美

ISBN978-4-7580-4928-3

この本を読んでのご意見
ご感想などをお寄せください。

おたよりの宛て先

〒160-0022
東京都新宿区新宿2-5-10
成信ビル8F
株式会社一迅社　ノベル編集部
佐槻奏多《さつきかなた》 先生・増田《ますだ》メグミ 先生